UNE FILLE DU SUD

JULIETTE GRANIER

UNE FILLE DU SUD

roman

nrf

GALLIMARD

I

1

1988

Il est souvent discuté du pouvoir que les hommes détiennent ; mais plus rarement de celui que les femmes découvrent.

Ce jour-là c'était mariage. La table, devant le mas, faisait un carré blanc ; et le vent jauni de sable soulevait la nappe et les assiettes de faïence claire. Étendue par terre, j'observais le platane, un grand nuage de feuilles dans lequel j'aurais pu m'envoler. J'avais décidé que je m'en fichais d'avoir de la poussière plein les cheveux. De toute façon, me disait-on, ils étaient sales et impossibles.

Parmi les allées et venues, un attroupement s'était formé. Curieuse, je m'étais rapprochée des adultes. Àvia Magne, ma grand-mère, chignon de cendre, cou et bras courts, se tenait penchée en avant, comme le faisaient les Magne. Elle avait dit une phrase ; je ne fus pas certaine de l'avoir bien comprise car elle était terrible. Encore aujourd'hui, je n'oserais jurer l'avoir entendue. Mais lorsque je revisite le souvenir de ces visages, je sais que c'est à ce moment-là que la prophétie a été prononcée. J'avais cru entendre : *Elle ne viendra pas.* Ou était-ce : *Elle ne devrait pas venir* ?

À ces mots, les cousines de ma mère, Sandrine et Dina, s'étaient pliées en deux comme si on leur avait planté un pieu dans le ventre, elles s'étaient enfuies avec des cris et chuchotements. Ma mère avait blanchi d'un coup. Puis les femmes s'étaient éloignées en râlant d'une voix sourde.

Il était impossible qu'Olivia la mariée ne vienne pas du tout. Elle captait et concentrait la beauté du monde. Nous la chérissions. Malgré sa douceur nous entendions toujours sa voix, la plus suave de notre cacophonie générale. Il était bon de l'approcher, de l'effleurer comme par inadvertance pour vérifier qu'elle était bien réelle. Pourquoi ne viendrait-elle pas si elle était tant attendue ? Elle devait venir. Elle nous le devait. Nous la rêvions.

Peut-être avait-elle senti que ma mère, à l'inverse des autres, ne l'approchait qu'avec hostilité, qu'elle se transformait devant elle en un impénétrable buisson de ronces. J'avais tenté de lui dire que ce n'était pas très gentil pour Olivia, principalement parce que je redoutais de ne plus pouvoir la toucher. J'estimais que si ma mère se sentait moche à côté d'Olivia, il fallait qu'elle l'accepte, car cela faisait partie des inconvénients de la vie d'adulte. Sinon, elle devait l'exprimer, malgré les conséquences désagréables que j'imaginais.

Comme les fiancés Olivia et Ferràn vivaient quelquefois avec nous au mas, je savais, nous savions tous, qu'Àvia

Magne aimait moins sa fille Angélique, ma maman, que son neveu Ferràn, même si c'était seulement le fils de sa cousine. Nous l'avions toujours su : Ferràn remplaçait dans le cœur d'Àvia Magne le fils qu'elle avait perdu, ce fameux frère aîné de ma mère, mort lorsqu'elle avait trois ans. À dix ans, il avait succombé à je ne sais quelle maladie fulgurante, laissant un vide qui encombrait toute notre maison. C'est pour cela qu'Àvia Magne était en colère contre nous, qu'elle nous criait et nous pestait, parce qu'elle avait perdu le fils, que c'était terrible pour une maman, comme me l'avaient appris les adultes.

Je pensais qu'elle aurait pu réussir à aimer maman, comme lorsqu'on essaie d'aimer un jouet neuf qui remplace l'ancien ; elle ne faisait manifestement pas d'efforts de ce côté-là, nous devions donc en faire du nôtre, faute de quoi nous seraient retirés le toit pour vivre et les sous pour manger, puisque cette maison était la sienne. Comme Olivia et Ferràn, et ses parents et ses grands-parents avant elle, Àvia Magne s'était mariée au mas. Nous l'appelions « le mas », mais en vérité nous en parlions comme d'une femelle massive, arrimée au sol de glaise dont elle était pétrie. Nous la retrouvions partout, cette argile, sous nos ongles, sous nos pieds, au fond des puits et sur les toits. Elle collait aux chaussures quand il pleuvait, elle se fissurait en août sous le soleil et le vent. Alors, les rares buissons de cystes et d'argelacs qui résistaient lâchaient des bouffées résineuses qui nous rendaient ivres.

Ce jour-là je m'ennuyai. Personne ne voulait jouer avec moi. Beaucoup de jeux étaient interdits, dans ma robe de cérémonie. À court d'idées, je me plantai devant Àvia pour lui prouver que j'avais compris que le mariage était menacé, que j'avais su déceler les secrets des adultes. Même si j'étais petite, je voulais connaître la vérité. Si on la dissimulait, le monde commençait à se tordre, comme le métal sous une chaleur intense.

D'un air têtu j'avais braillé : *Qui c'est qui ne vient pas ?* et elle m'avait balancé une torgnole mémorable ; en pleurant d'humiliation, je m'étais lavé les joues à la fontaine. La solitude était revenue, j'avais essayé de jouer avec des feuilles et des bâtons, mais c'était un pauvre jeu. Pour me venger, j'avais marmonné tout bas, *sale vieille*, faute de quoi j'aurais eu l'impression d'accepter son traitement. J'avais entendu des adultes parler de moi : *Catalina s'ennuie, il faut lui faire faire un tour sinon ce soir ça sera une peste.*

Enfin, Tony, le petit-cousin de ma mère, était arrivé avec ses claquettes roses au bruit joli. Je crois qu'il avait dix-huit ans, il clamait partout qu'il avait *atteint la majorité*, et portait des habits aux couleurs acidulées, des boucles luisantes de brillantine.

Pendant les vendanges, sous le poids des paniers, il avait la peau sale, mais ce jour-là son visage était lavé de frais. Contrairement aux cousines qui se faisaient tirer la manche, Tony passait du temps avec moi parce qu'il aimait le faire. Partir sur les routes avec lui, c'était vacances, les mots interdits devenaient permis. J'ouvrais la fenêtre, le vent s'engouffrait, je faisais des vagues avec mes mains, Tony me faisait rire, posait des questions sur ma vie, je lui disais tout ce que je pensais, c'était mon plus grand ami.

Cet après-midi-là, il s'était souvenu que c'était mon anniversaire. Sur les chemins de vignes qui partaient vers le sud, vides et caillouteux, il avait ouvert le toit de la voiture. Dressée sur le siège, tête au vent, enivrée par les senteurs de fenouil, je braillais avec lui *sans contrefaçon, je suis un garçon*. Et puis, après cette campagne, nous nous étions approchés de l'eau, qu'on apercevait entre les arbres. J'avais joué de tout mon saoul avec le seau et la pelle, Tony nous avait offert des glaces, nous les avions mangées en déambulant le long du Racou, sous les pins et les lauriers. Il ne m'avait pas houspillée pour aller plus vite, ni pour que j'enlève le sable en grimpant dans la voiture. Il n'y avait pas d'infractions dans son monde, pour lesquelles on me secouerait, on me frapperait, on m'insulterait ou on m'isolerait dans la cave.

2

À notre retour, le soleil avait baissé. Jamais je n'avais vu autant de couleurs chez les adultes, je me crus à une fête de la jungle, avec des animaux verts, rouges ou roses, qui paradaient sous les arbres.

En les observant, je fus inquiète. Cette phrase, « Elle ne devrait pas venir », les invités l'avaient-ils entendue ? Ne fallait-il pas les alerter, leur dire de chercher la mariée ?

Olivia était une Pons, la branche rivale et cousine de notre famille, les Magne, et comme tous les Pons, elle avait le dos très droit, les bras collés au corps.

Chez nous, une plante visqueuse, l'olivarda, envahissait les vignes. Elle lâchait son duvet partout et quand on froissait ses feuilles, la résine collait aux doigts. Il n'en avait pas fallu plus pour que la mariée soit rebaptisée Olivarda par Àvia Magne. « Elle s'agrippe », disait-elle en quatre syllabes d'un souffle mauvais.

En fait d'agrippage, Olivia était plutôt évanescente. Les futurs mariés vivaient chez nous par intermittence, venaient pour la taille des vignes, repartaient en août, revenaient pour les vendanges. Leur présence avait deux incidences : je pouvais contempler Olivia à satiété, ce qui me remplissait d'impatience lorsqu'on annonçait sa venue. Ensuite, Àvia s'adoucissait en présence de Ferràn. Il arrivait en chambardant tout, mais déclinait pour elle des petits noms affectueux. Àvia, qui lui distribuait en cachette des chocolats qu'autrement elle nous dissimulait, sollicitait son opinion exclusive et se référait sans cesse à ce qu'il avait dit ou à ce qu'il aurait pensé.

Si ma mère se bornait à parler le moins possible d'Olivia Pons, c'est parce qu'elle était belle et travaillait sans que cela se voie sur ses mains souples et bistrées. Ma mère retenait des phrases de protestation devant Àvia, qui commandait sans cesse de nouvelles tâches à finir dans des délais impossibles.

Lorsqu'une voiture déposa la mariée devant le portail du domaine, elle fut d'abord cachée par les hommes qui se précipitèrent en renversant leur chaise, vacillant entre dignité et saoulerie. J'aperçus entre leurs jambes la blancheur de la robe. Elle avait compris que nous la voulions. Allait-on bien fermer les grilles ? Peut-être faudrait-il avertir Ferràn, et couper les talons d'Olivia pour qu'elle ne s'enfuie pas.

Ferràn, je l'avais vu dérober le matin même une de ces bouteilles qu'Àvia Magne défendait de prendre. En sortant du réduit où son cousin et lui l'avaient bue, ils avaient menti devant elle, qui avait soufflé d'un air mauvais mais n'avait rien dit. Ferràn était un menteur, je ne pouvais rien faire de plus, débrouillez-vous.

Enfin, les hommes s'écartèrent et Olivia, déliée comme un jeune bouleau, compta ses pas, du bout menu de ses souliers clairs. Les femmes avaient le souffle coupé. On reculait.

Mais l'enchantement dut cesser. Il fallait s'installer, choisir les places. Les hommes se bousculaient autour d'elle, espérant la toucher. Elle ne semblait pourtant pas importunée par ces gestes, qui me rappelaient ceux des grosses limaces. Dans la nuit, sous les guirlandes, on ne distinguait que la clarté de la nappe et la robe. Ferràn paraissait engourdi. Un de ses yeux clignait, plein d'une lueur dangereuse.

Dans un coin sombre de la cour, Sandrine et Dina, les cousines, se chuchotaient dans les cheveux et lançaient des rires vers Ferràn. L'une en rose et l'autre en rouge, elles gloussaient comme les grandes filles de mon école, alors qu'elles auraient déjà pu être mères. Ferràn braillait. Son épouse était très belle et tout le monde la regardait, il donnait l'impression de s'être assis au sommet du monde.

Au moment du dessert, un gâteau nacré, Sandrine et Dina se coulèrent près de Ferràn, l'une à sa gauche et l'autre à sa droite, l'entourant de leurs bras. Ferràn, entendais-je, tu ne nous oublieras pas ? Ferràn, maintenant que tu es marié tu es encore plus beau. Les hommes ricanaient, Hélios assit Dina sur ses genoux. On ne voyait ni leurs bras, ni leurs mains, et sur leurs visages passaient des reflets inquiétants. Brusquement, un mouvement se fit vers ma droite, du vin traversa la table et la mariée, dressée d'un coup, vociféra vers eux. Elle leur dit des mots sales qu'on ne trouve pas dans les livres, y compris *troujasse* que je n'avais jamais entendu. Un brouhaha noya son cri, des gens se précipitèrent vers elle, d'autres conduisirent Sandrine et Dina à l'écart. Il y eut comme une houle, chacun criait plus fort que l'autre, puis peu à peu les invités se rassirent et se remirent à parler comme avant.

Je recommençai à jouer sous la nappe avec ma poupée dans sa robe brillante. La poupée était laide, c'était une imitation de second choix et c'est pour ça que je l'avais choisie, exprès, avec la certitude absolue qu'une laideur si forte lui interdirait à jamais d'être aimée, et la séparerait du monde.

3

Un matin d'automne, toute la famille se mit en vacances : Àvia Magne s'installa en soufflant dans la voiture de Tony, ma mère et moi assises entre les parasols, les paniers et les nattes. Suivaient Olivia, sa sœur Dolorès, et la bande de cousins, Ferràn, Hélios et Mario, Sandrine et Dina. Le gérant du domaine et sa fille, Justin et Léna, avaient pris leur chien Cassius qui dégageait une odeur terrible.

Après de longs méandres entre les vignes et la pinède, nous descendîmes dans la baie de Paulilles. Du matin jusqu'au soir l'eau resta calme et claire. Olivia, dont le maillot noir collait à son ventre rond, s'était immédiatement allongée, et sa nuque sous les boucles brunes, son profil bombé, se détachaient d'une ligne pure sur le vert sombre des pins de Méditerranée. Je l'observais, couchée contre les galets chauds. L'été embaumait : odeurs de glaces à l'eau, d'huile solaire, des fruits que Sandrine avait apportés, des figues blanches dont le suc attirait les guêpes.

Hélios et Mario s'étaient déjà jetés à la mer, chahutant et remuant cette eau tranquille. Ferràn les avait rejoints aussitôt. Ils prenaient les filles par la taille, les soulevant et les plongeant d'un coup, pendant que Cassius aboyait et courait autour d'eux. Àvia et ma mère installaient les assiettes, coupaient les melons et commentaient les jeunes.

« Elles ne peuvent pas se trouver des hommes, ces filles ? » siffla ma mère en les regardant de travers. Àvia, en robe de travail, assise sur la seule chaise pliable, pencha la tête en arrière ; elle s'endormait. Dolorès lança un coup d'œil vers Olivia, perdue sous d'immenses lunettes noires, et répondit à voix basse qu'elles devraient chercher ailleurs, qu'à trop aimer le miel on finissait piqué à mort. Dolorès ne ressemblait en rien à sa sœur ; ses os saillaient sous sa peau sèche. Elle fixait l'endroit où s'ébattaient les garçons, les cousines et maintenant Tony, qui poussait des cris aigus en envoyant de l'eau vers elles. Je voulus jouer avec eux, mais « Attention, Catalina, tu nous griffes avec tes ongles ! ». Je me laissai flotter près du bord, là où les galets verdâtres luisaient comme des joyaux. Ils faisaient, en les remuant, un joli bruit rond. On déjeuna à l'ombre des tamarins, et puis chacun s'installa pour la sieste.

Quand je me réveillai, je vis que tout le monde n'avait pas dormi autant que moi, même si Olivia restait assoupie, ses boucles étalées sur son bras et ses cuisses de réglisse entrouvertes. Je partis à la recherche des anémones vers les rochers où l'eau était peu profonde. Les pieds nus, j'avançais lentement sur le tapis d'aiguilles. Alors que j'entamais ma descente vers la crique, un bruit m'alerta. Sur le sable, un homme faisait l'amour à une femme. C'était Ferràn, que je reconnus à son maillot rouge, et dessous, Sandrine, qui avait enlevé son maillot vert émeraude qui flottait dans l'eau.

Je les regardai longtemps. Je fixais la courbe du dos de Ferràn, les cuisses luisantes de Sandrine, les seins empoignés par une main puissante. Avec les remous, le maillot vert s'était déplacé vers moi. Je m'approchai silencieusement et le volai.

Lorsque je revins sur la plage, Tony était parti chercher des glaces, Olivia se baignait en lunettes noires, les cheveux relevés en un énorme chignon. Ma mère, Àvia et Léna discutaient les pieds dans l'eau. Le cœur battant, je cachai le maillot dans ma trousse d'habits de poupée. Ferràn revint seul de la pinède. Mais quand Sandrine apparut, elle portait une serviette autour du corps.

— Tiens, lui dit ma mère, tu te caches, maintenant ?

— J'ai un peu froid, mentit Sandrine.

Dolorès demanda à voix basse où elle était passée, et sa cousine lui répondit sèchement quelques mots dont je n'entendis que les sifflements. Ferràn se leva alors d'un coup, lança qu'il était tard et qu'il fallait rentrer. Tous s'époussetèrent, rangèrent les affaires pour se mettre en route. Seule Olivia resta sur sa serviette et nous tourna le dos. Ferràn lui mit une main sur l'épaule, en serrant fort. « Tu me fais mal », dit Olivia d'une voix sourde en dégageant son bras. Les doigts de Ferràn s'enfoncèrent dans la chair. « Magne-toi, tout le monde t'attend. » Personne n'avait donc compris ce qui s'était passé ?

Une fois seule, le soir dans ma chambre, je me couchai et pensai à Jésus. Je connaissais certaines de ses actions, la distribution du pain et des poissons, le don des chemises. Jésus était jeune et gentil, s'il souriait, c'était comme Tony. Je lui avouai que je garderais le maillot mais que je ne l'utiliserais pas pour moi-même, c'était juste pour le regarder. Ensommeillée et excitée à la fois, je voyais encore ces peaux luisantes collées dans l'eau, et je devinais qu'il se passait quelque chose là, dans le bas du ventre. Mais comme cela ne menait à rien, je m'endormis.

4

L'année de mes quatorze ans, moi aussi je fis les vendanges. Sur dix hectares, des générations de Magne avaient collecté les terrains pour établir un empire de vignes. Le mas se situait au milieu, séparé des champs par des arbustes qui n'étaient verts que trois mois par an. Un jour, début septembre, tous les saisonniers arrivaient des montagnes, du Capcir et des Albères. Ils étaient une quarantaine, et s'ajoutaient aux membres éloignés de la famille dont nous connaissions, sinon les liens du sang, du moins les prénoms. Lorsque j'étais petite, je ne maniais pas le sécateur, mais cette fois-ci je le prendrais et suivrais la Mousseigne, la plus vieille du groupe, qui donnait le rythme. Pour tous, une journée de vendanges commençait par un plaisir harassant et se terminait par une grillade, et pendant ce temps, nous, les Magne, nous engrangions les grains juteux de la bonne fortune.

Au petit jour, les ouvriers s'étaient réunis dans la cour, les habits tachés du pourpre des vendanges précédentes. Nous avions rempli les paniers de pain, de vin et de viande, que je distribuerais aux travailleurs. Ce jour-là, je vis dans les yeux des hommes un intérêt furtif. Auparavant je les fuyais, je ne voulais pas qu'on m'embête. Léna, qui avait grandi plus vite que moi, soutenait leurs regards elle aussi.

Dans les vignes, je voyais se balancer ses fesses dorées moulées dans un caleçon rose. Nous parlions peu, les hommes travaillaient vite, je voulais suivre la cadence. Il s'agissait de l'argent de la famille, celui qu'Àvia Magne comptait le premier de chaque mois sur son cahier réservé aux opérations. Ma mère, à qui elle ordonnait : Angélique, vérifie les retenues ! l'assistait en silence. Moi, j'imaginais des colonnes de pièces d'or s'accumuler dans un caveau sous le mas. Suivant qui les recevrait, elles auraient des hauteurs différentes : Tony, qui était désinvolte, en aurait peu. Sandrine et Dina, qui feraient plein d'héritiers, en auraient des grosses. Maman était servile avec sa mère, mais celle-ci ne l'aimait pas ; il n'était pas sûr qu'elle en ait même deux. Ferràn aurait de gigantesques colonnes. Bien que ma mère soit la véritable fille d'Àvia, c'est lui qui en remporterait tout un tas.

Si on possédait l'or, on était sauvé, il procurait santé et abondance. Pourtant, elle maniait peu l'argent, puisque c'était Àvia Magne qui serrait et desserrait les cordons de la bourse. Ma mère, elle, possédait une pochette de cuir éraflée qui lui servait de portefeuille. Elle tirait de cette vieillerie des billets de dix francs, jamais plus, et des centimes qu'elle me distribuait pour les bonbons. Elle n'avait pas la main leste pour la dépense, et j'ai beau fouiller dans ma mémoire, je ne me souviens pas de l'avoir vue s'offrir quoi que ce soit.

Je savais exactement combien avaient coûté pas mal de choses : le nouveau linteau de l'escalier central, le solde total des frais pour les employés, les bouteilles en verre pour la saison, les engrais, les pneus, les fûts, les cartouches pour la chasse. Je le savais et c'est pour cette raison que cette activité me plaisait. Je prenais une grappe, j'en coupais la tige, la mettais au panier, et ainsi de suite, accumulant des dizaines et des dizaines de grains juteux qui seraient pressés dans leur jus, fermenteraient jusqu'à se transmuer en bon or solide qui remplirait nos coffres. Je suivais le rythme régulier de la Mousseigne, et plus c'était difficile, plus j'en profitais.

Au milieu de la journée, on se serra sous les pins. Les hommes buvaient au pourou, le canif passait de main en main. Léna et moi sentions l'excitation des hommes. Pour me parler, elle baissait la voix, mais riait plus haut, d'un rire très clair. Elle en avait remarqué un, Diego, le Catalan de Barcelone, avec sa chemise claire retroussée sur ses bras si beaux. Je la voyais devenir femme, m'écouter en se mordant les lèvres. Moi-même, je les avais étudiés, mais ils me semblaient tous suintants et velus.

Àvia Magne et la Mousseigne discutaient dans un coin, à paroles rares, et dès que les dernières bouchées furent avalées, celle-ci se leva et tira le bras d'Àvia pour qu'elle fasse de même, puis elle lança qu'il était temps d'y retourner. Un ami de Diego, Manel, vint nous aider à remballer les paniers. Celui-là, je ne l'aimais pas trop. Non seulement ses dents étaient gâtées, mais j'avais remarqué qu'il s'entendait bien avec les gitans qui venaient d'Espagne. Arrivés la veille, ils dormaient on ne sait où, et préoccupaient Àvia. Sauraient-ils bien se comporter ? C'était difficile avec les gitans. Il se passait toujours quelque chose de désagréable, et chaque année, Àvia Magne finissait par gueuler dans la cuisine, avec des aboiements de dogue, que jamais plus elle ne ferait venir ces feignasses pour les vendanges. Mais chaque année les bras manquaient et elle finissait par les convoquer. Je les observais, ces gitans qui s'échinaient, parlant entre eux une langue rapide que je ne comprenais pas. Ils ne me paraissaient pas si terribles. Comme nous ils portaient des habits troués, comme nous ils suaient pour gagner leur pain. Je me méfiais des verdicts expéditifs, des introspections bâclées. Pour juger, il fallait avancer avec précaution et lenteur. Une condamnation hâtive, et voilà que d'épuisantes disputes naissaient sur un coup de flammes.

Ainsi, Àvia Magne avait décidé que la sensualité d'Olivia lui était imputable, qu'elle en était coupable, ma mère estimait que j'étais égoïste comme tous les adolescents, la Mousseigne trouvait que Tony était une poule mouillée et un évaporé, Léna Muntaner que la Marie-Josèphe était une teigne qu'on aurait dû empoisonner, Mario pensait de son frère Hélios que c'était un flambeur, mais celui-ci le trouvait violent, et les deux disaient de leur cousine Olivia qu'elle devrait se tremper le train dans une bassine d'eau froide une bonne fois pour toutes. Cela n'en finissait pas. Ce chaudron de ressentiments bouillait, causait des putréfactions qui rongeaient nos cerveaux.

Et moi, je croyais pouvoir comprendre ce qui provoquait cette folie collective. Si je réussissais, je l'enrayerais peut-être un jour, qui sait ? Je tentais de me convaincre qu'ils ne pensaient pas à mal, comme on disait. Mais bientôt, Àvia Magne m'allongeait une tape par-dessus la table, Ferràn provoquait ses cousins en se vantant de ses conquêtes, maman pestait contre sa rapiate de mère qui ne lui avait donné que cent francs pour la semaine. J'avais beau essayer de ne pas juger, j'aurais voulu qu'on se défasse d'Àvia dans un trou à vieux, ma mère, molle comme un flan, aurait mérité un coup de pied au cul, et ça dégagerait le terrain si Ferràn se faisait carboniser dans une explosion.

Le manque de logique me rendait folle. Ferràn, je l'observais en silence, et je retenais tout. Quand une femme était à sa portée, il déployait une stratégie de carnassier. Pour coucher avec elles, il les enrobait de suavité, jusqu'à persuader les plus réticentes du bon service qu'elles s'accorderaient. C'était le loup qui se foutait de la brebis. Ça me hérissait, mais les femmes qui résistaient pour la forme me hérissaient aussi. Elles en crevaient d'envie, je le voyais. Pourquoi ne cédaient-elles pas ?

Seul Tony, qui revenait de rendez-vous mystérieux le sourire aux lèvres, trouvait le ton pour m'apaiser. Nous roulions vers les plages dans les roseaux sauvages. Avec ses habits roses, son parfum citronné, sa musique italienne, partir ensemble c'était s'enfuir. J'arrêtais alors de fulminer. Qu'est-ce qu'il y a, nine ? lançait-il, la voix tranquille. J'arrivais à lui parler, et souvent il souriait sans mot dire.

5

Réveillée tôt, j'avais guetté l'aube depuis mon lit. Dans la cour, on entendait les alouettes. Leur cri avait quelque chose de pur qui m'émut. J'entendis aussi une radio à plein volume dans la chambre des vendangeurs. J'eus l'impression que seuls les jeunes filles, les poètes et les mourants seraient touchés par un chant d'oiseau.

C'était jour de lessive à nettoyer les vêtements de tout le monde. Ma mère, qui ne savait plus où donner de la tête, réclama mon aide. Dans la buanderie, je lui demandai si les hommes en général s'émouvaient d'un chant d'alouette. « Qu'est-ce que j'en sais ? répondit-elle, indifférente, tu te poses trop de questions. » Cela me fit taire un instant. Indocile, je revins à la charge : « Pourquoi Ferràn drague toutes les femmes et personne ne lui dit rien, pas même Olivia ? » Ma mère, au milieu de ces habits mouillés, se retourna, l'air médusée. « Qu'est-ce que tu as contre Ferràn ? » Je lui dis que je n'avais pas quelque chose contre, mais que je trouvais injuste qu'on lui passe tout, avec toutes ces victimes. Oui, je le dis ainsi, ces victimes, en dépit de la menace dans le ton de ma mère. « Il fait ce qu'il veut, Ferràn, tu ne crois pas ? » Et cette question, elle l'affirma. Je la regardais pendant qu'elle tirait le linge du panier et le défroissait. Son dos malingre, ses clavicules saillantes, ses cheveux rares. Angélique, tu parles ! Tout son corps était déplaisant.

Je ne pouvais rien lui confier d'intime. Quand je m'y risquais, ses yeux se voilaient et elle se mettait à ne rien comprendre. Je ne croyais pas que Ferràn puisse faire ce qu'il voulait. De quel droit s'affranchissait-il de notre sensibilité ? Je repensai à ce jour où, pour son anniversaire, Sandrine avait espéré que Ferràn lui offre un cadeau, surtout que… et elle n'avait pas fini sa phrase. Sandrine ressentait des choses, c'était clair, et Ferràn aurait dû l'éconduire bruyamment, lui faire voir qu'il était engagé avec la mariée. Mais il n'en faisait rien.

Elle en parlait dans son journal, que j'avais lu d'une traite, en alerte, prête à détaler de la chambre. Il était nourri d'une grosse écriture ronde, des lignes d'apitoiement sur soi romanesque. Les phrases tournaient avec obstination autour d'un seul sujet, l'amour. « Je l'aime de tout mon cœur, et il ne veut rien savoir. C'est lui, comme je l'aime ! Il est si beau. » Après quelques pages, un nouvel arrivant : « Aujourd'hui, je sais que j'aime R. mais il ne m'a pas rappelée. Il est allé à la plage avec Nathalie. Je croyais que c'était mon amie mais elle est quand même allée à la plage avec lui. Comme je suis malheureuse ! Je l'aime », etc. Malgré la pauvreté du texte, j'eus pitié d'elle, dans cette chasse aux sentiments qui ne s'apaisait jamais. J'avais moi-même commencé l'exercice du journal, qui restait le seul endroit où délibérer avec exactitude. Après la lecture d'Anne Frank, qui m'avait éblouie, j'avais décidé d'épurer mon style, que je voulais factuel, mais qui aujourd'hui se révèle pompeux. C'était un rempart contre le désarroi. Et puis une autre silhouette émerge de ces pages.

Olivia dans sa robe corail, le parfum ambré d'Olivia, la grossesse d'Olivia. Sa féminité me poussait vers elle comme le vent tend les toiles d'un voilier. Je voulais un parfum capiteux et dangereux, comme le sien, envahir les esprits comme elle le faisait avec le mien. Je déprimais ensuite devant le miroir de ma chambre, face à mon ventre et à mes cuisses qui débordaient et ces seins maigrichons. Jamais je ne l'ai vue débraillée, les cheveux défaits, les traits tirés. Lorsqu'elle allaitait, ses bras formaient cet arc qu'ont les madones. Quand elle traversait la cour, poussant un landau altier sur d'immenses roues, elle promenait lentement. Mona et Nina, les petites, avaient hérité de sa beauté, deux poupées brunes en robe de percale bleu ciel. Je n'osais parler à Olivia, même si je m'en approchais souvent, pour recevoir par aspersion, comme sous la bruine d'une fontaine, un peu de sa féminité.

Une fois mère, Olivia cessa de participer aux tâches du mas. De mon côté, j'aidais maman après l'école. Pour la fin des vendanges, il fallut ce soir-là emporter et tailler les ceps, préparer le repas, installer la table pour tous les vendangeurs. Olivia, à l'ombre, s'était fait apporter un vin rouge comme rose obscure. Elle tirait le landau de velours pour bercer les filles, tout en fumant d'un air absent. Ce fut l'occasion d'une seconde poussée de révolte dans la cuisine.

— Pourquoi Olivia ne nous aide pas ? demandai-je à ma mère, qui empilait les assiettes sur mes bras tendus.

Elle me dit de lui foutre la paix, de travailler sans protester.

— Ce n'est pas juste qu'Olivia se repose toute la journée, elle passe son temps à se promener.

— Pourquoi, tu as quelque chose de mieux à faire que d'aider ta mère ? Vous les jeunes, vous êtes d'un égoïsme incroyable.

Oui, j'aurais préféré lire dans mon coin. Je trouvais injuste qu'Olivia soit épargnée en sa qualité de belle ou de mère, et que les garçons ne soient jamais sollicités. Seulement, comme personne ne disait rien, je supposais qu'il devait y avoir une bonne raison. Ils effectuaient les travaux les plus durs et avaient droit au repos, question probablement réglée il y a des années et, depuis, on laissait faire. Déjà attablés, ils buvaient des carafes de rouge, et je louvoyais sans les déranger. Diego jouait de la guitare, Léna collée à lui, les yeux noircis de khôl. Elle portait des bijoux indiens et fumait de l'herbe qu'elle planquait sous la table.

Les hommes discutaient de la chasse. Jean-Pierre Bono, l'adjoint au maire de Montescot, avait un nouveau fusil qui faisait l'unanimité. Il le décrivait en détail, avec des métaphores. Les hommes espéraient que le sanglier ne se cacherait pas comme l'année dernière, et puis il y avait eu les orages, c'était insupportable. D'autant que les bêtes se cousinaient avec les cochons domestiques, ça devenait n'importe quoi. Puis de la fierté de la chasse on glissa à celle de l'alcool. C'était à qui raconterait la beuverie la plus extravagante. Triste et remontée, je me dépêchai de terminer la table. Après avoir observé mes allers et retours, les bras chargés, Hélios lança que Manel avait de bonnes dispositions à mon égard, faisant un geste étrange des deux mains devant ses hanches qui renversa de rire tous ceux qui avaient compris. Je fus gênée et repoussai les bras tendus de Manel qui était venu me soulager d'une pile d'assiettes ; elles faillirent tomber ; un silence s'ensuivit puis le bavardage reprit.

Pendant le repas, je l'ignorai. Il essaya de me faire parler, par questions vagues. Sa présence me dérangeait. En vérité, j'avais envie de lui en coller une, comme celles que je distribuais à l'école quand les garçons soulevaient les jupes dans la cour. Les filles criaient de colère mais ils continuaient, croyant prouver leur adresse et leur insubordination. Ce Manel, à cause de qui je passais pour une proie aux yeux de toute la famille, me devint odieux. Je l'aurais giflé avec grande satisfaction, s'il n'avait été un protégé d'Àvia Magne, qui en lui donnant du travail rendait service à un cousin de Barcelone. Je pouvais me rebeller contre les garçons, mais pas contre la cheffe de la famille, car personne ne gagnait jamais contre elle. Àvia Magne en colère me terrifiait.

Quand ça la prenait, elle semblait ne reconnaître personne. Que je sois Catalina, que maman soit sa fille, cela ne comptait plus. Elle était capable d'aller jusqu'aux sévices pour nous rompre, saoule de sa rage de vaincre. S'opposer à elle exigeait des forces que nous n'avions pas, que personne n'avait.

À la fin du repas, j'aspirais plus que tout à rejoindre mon fauteuil et mes livres. L'accusation de maman m'avait blessée. Je ne me trouvais pas égoïste, au contraire, je me trouvais héroïque de l'aider autant. J'étais fière de l'argent qui grâce à mon labeur reviendrait à la famille. Si je nécessitais de lire, il fallait faire en sorte de me laisser m'y consacrer, comme les adultes avec leurs loisirs. Il me paraissait injuste de récurer, se pencher sur la crasse, plonger les mains dans l'eau sale des autres, fouiller dans les cuvettes. Je ne voulais pas cesser d'être égoïste au risque de devenir comme elle : je trouvais que sa condition l'avait rendue laide et redoutais de lui ressembler un jour. La rudesse avait pris ses mains, qui sentaient la javel et le gras froid des casseroles. Elles restaient tachées des jours entiers par le marc de raisin, sous les ongles, dans les rides coriaces que le travail y avait gravées.

Je voulais me réfugier dans ma chambre, loin de ces rires masculins. Je devais éclairer mes pensées en lisant, j'en avais besoin presque physiquement. Cependant, comme me le rappela obligeamment Angélique la bien nommée, le monde ne tournait pas autour de ma petite personne. Il était temps de débarrasser la table et de rapporter ce qui en restait, rincer la vaisselle, vider les cendriers, les ordures et les bouteilles, vider et ranger, gratter et rincer.

Manel, échaudé, choisit son camp. Il se rapprocha des hommes et se mit à rire de toutes ses dents. Je m'en fiche comme de l'an quarante, me dis-je. Les railleries, la chaleur, la fatigue et l'indignation, ma mère qui me tourmentait, mes efforts pour m'empêcher d'exploser contre Àvia : tout cela devenait une masse qui voulait sortir de ma peau, se concentrer et frapper comme la foudre. Elle aurait tout incendié autour de moi. Je me dépêchai de finir. Écrire m'aidait, et j'étais impatiente de retrouver mon journal.

6

Ferràn était un chasseur qui avait la particularité d'aimer dépecer son gibier lui-même. J'aime ça, disait-il. Dans la cour, il ramenait au grand jour les bêtes du sous-bois. C'est ainsi que j'ai contemplé mes premiers faisans, ma première biche, les sangliers. Des corps transportés dans un coffre de voiture, que les hommes tiraient par les pattes pour les jeter, lestés par la mort, sur la table. Le souffle des chasseurs battait l'air de ces matinées froides, qui rendaient le poil des bêtes humide. La vie était encore proche, l'œil toujours brillant. Nous nous réunissions pour cet événement extraordinaire, nous les femmes du mas, autour de la troupe masculine qui aiguisait ses couteaux avec ardeur, le torse grandi d'un coup, en tablier de cuir, la face embrasée. Nous ne servions pas à grand-chose, alignées en demi-cercle, sinon à chercher des coupes pour recueillir le sang fumant, à apporter des bassines, des chiffons, du gros rouge. Les hommes ne s'adressaient pas vraiment à nous : c'était leur affaire. Ils se congratulaient. Mais si nous détournions notre attention, ils émettaient des rappels impérieux pour qu'on leur serve du vin, avec le sourcil haut de ceux qui s'attendent aux louanges. Bientôt le couteau s'enfonçait doucement dans la chair, révélant à l'aine la pulpe quasi mauve et les nervures blanches, tout un artefact de nacre sous l'enveloppe velue. Le coup de couteau ne tardait pas à s'exciter, ébranlant et soulevant la tête, pendue au cou fragile, secouée au gré des gestes. Je l'imaginais, en forêt, la bête, dans l'immobilité absolue qu'ont les animaux sauvages lorsqu'ils sont surpris. J'aime ça, répétait Ferràn. Il ouvrait alors la cage thoracique d'un mouvement direct, divisant peu à peu la chair en une géométrie absurde, fouillant là où les os laissaient une faiblesse. Je me demandais avec angoisse si ces animaux avaient pressenti qu'ils seraient dépecés. Je trouvais fou que cette réunion de chair, de tendons, de muscles, de cellules, de vie enfin, soit réduite à un paquet sanguinolent destiné à l'unique satisfaction d'un Ferràn. J'imaginais leur lente pavane dans les bois, leur royaume, les feuilles tendres, la joie dans leurs veines, le plaisir de se dilater dans un bond, de fouiller du museau la mousse humide ; leurs flancs chauds battant ensemble dans le sommeil, sur les tapis de feuilles mortes. Cette beauté avait pour moi le magnétisme d'un orage ; une sensation trouble me prenait. On ne portait pas impunément outrage au miracle.

Les hommes cependant avaient toujours chassé dans la famille, et cette insouciance me paraissait être un péril mortel. Impudemment, ils défaisaient une œuvre à la solide subtilité, d'une beauté qui n'aurait jamais dû provoquer cette tuerie épouvantable. Nous n'étions pas foutus de reproduire un brin d'herbe, avec nos éprouvettes et nos microscopes. La vie nous échappait, elle proliférait sans nous donner son secret, et nous la massacrions avec la joie de l'avoir vaincue. J'en pleurais la nuit. Mais, comme Ferràn était à l'apogée de sa fierté, saoulé de vinasse, je sentais qu'il ne fallait pas interrompre la parade à grands pas du chasseur, ce qui aurait eu des conséquences terribles. Alors je ravalais mon désespoir et ma colère, et concevais les plans d'une vengeance terrifiante.

7

Décembre 1995

Les souvenirs suivants naissent dans une couronne de chênes noirs. Les pins sifflent, les rafales battent l'herbe, tout n'est que vert ou brun sourd. Le vent vide la nature de ses habitants, menus oiseaux, légers insectes. Par tramontane je me réfugie dans le ventre obscur du mas, loin des ouvertures et des sifflements, car ce vent-là me rend folle.

Les gitans, les travailleurs, tous étaient partis et j'étais soulagée. Ne restaient à la maison qu'Àvia Magne et ma mère. Justin et Léna passaient quelquefois. Mais ce calme ne tenait pas : ma mère s'agitait dans sa prison domestique, contrainte de soigner Àvia Magne qui souffrait d'un mal mystérieux, la clouant au lit. Je me retirais à l'étage.

Il faisait froid dans cette pièce abandonnée, humide et sombre. Une seule fenêtre l'éclairait. Souvent j'observais le passage du jour vers le soir, les vignes désolées, les herbes folles. Mais bientôt mon prénom retentissait, je descendais plier des draps, passer le balai, rapporter du bois, nettoyer le sol, ou autre chose pour soulager ma mère tourbillonnant autour d'Àvia Magne qui se délitait de jour en jour. Cette salle obscure était la seule à contenir des livres, des encyclopédies jamais ouvertes, des classiques en latin ou des manuels de mycologie, botanique, zoologie, qui portaient des taches rondes de moisissure. Au fond en bas des étagères, quelques exemplaires de littérature française, qui devinrent ma source vive, l'hiver de mes quinze ans.

Le monde s'était élargi, laissant entrevoir sa grandeur angoissante. À peine avais-je commencé à comprendre nos rapports de force familiaux que je découvrais qu'ils proliféraient partout. Les hommes se querellaient, se trahissaient : le père et le fils, le frère et la sœur, le riche et le pauvre, les religieux et les impies, les nations contre les nations. Des horreurs innombrables se déversaient et roulaient jusqu'à nos jours pour recouvrir le futur qui ne serait jamais propre ni neuf, mais souillé. Chaque arpent de terre avait été imprégné du sang d'une tuerie. Cette dette envers le calme et la paix commençait à nos portes, chez nos voisins dont les luttes les rendaient fous d'obsession.

Cette incohérence m'angoissait, n'offrant aucune prise. C'étaient la logique et l'action qui me sauveraient : pour régler cela, que faire, par où commencer ? Le monde était si grand. Pas une fois je ne vis la folie de cette pensée, sa démesure, et dès lors l'anxiété s'enracina en moi. Jamais je ne me dis, tu es folle ma fille, personne ne peut sauver le monde entier. Dans ce mas perdu au fin fond du pays, seule dans cette famille de femmes, je me sentis écrasée par mon impuissance. Dans les livres, on s'intéressait aux drames : j'y cherchai des solutions. Je n'en trouvai aucune.

La nuit tombée, je lisais sous une petite lampe.

Alors que je rêvassais, la porte s'ouvrit et Léna Muntaner passa la tête. Comme elle habitait dans la dépendance du mas avec son père, elle venait me voir lorsqu'elle s'ennuyait trop. Ses visites tombaient mal, étaient trop longues. Je sentis une odeur de soupe ; on ne tarderait pas à m'appeler pour manger. Elle portait une grosse veste de laine, son visage suintait, pourquoi ne mettait-elle pas plus de savon ? Elle s'assit près de moi et me demanda ce que je lisais. Je tentai de lui expliquer mais je m'arrêtai vite. Elle paraissait s'ennuyer.

Tu as déjà embrassé quelqu'un ? Non, je n'avais embrassé personne et je le lui dis. Mais ça ne te fait pas envie ? Cela me faisait envie, mais pas d'en parler avec elle. Néanmoins, comme elle me le demandait, je dus lui expliquer pourquoi. Elle gardait pour elle ses opinions et, quand je terminais mes phrases, posait une nouvelle question. Non, personne ne me plaisait au collège ; oui, je connaissais des gens qui s'étaient déjà embrassés. Tout à coup, elle me demanda si elle pouvait me donner un baiser. Elle le fit délicatement, avec gêne. Pourtant, cela me révulsa. Léna Muntaner ne me plaisait en rien. Comme je me taisais, elle murmura que je pouvais lui toucher les seins, prit ma main et la porta à sa poitrine. Je me laissai faire. Sous son pull elle glissa ma main qui resta immobile. Mais comme elle m'incitait à la caresser, avec un petit ton humble, pour ne pas la décevoir je commençai à caresser le sein, dans une position inconfortable, regardant fixement devant moi, le bras retourné.

Des pas retentirent dans le couloir et j'eus à peine le temps de retirer ma main que déjà la lumière s'allumait violemment. Vous êtes là ! dit ma mère. Je vous cherchais partout. À table, c'est l'heure de manger.

Léna disparut promptement. Dans la cuisine, Àvia était déjà installée, la serviette sous le menton. Pendant le repas, je ressentis des choses que je ne retrouve pas, mais je sais que j'étais absente. Dans mon lit, une fois couchée, j'ouvris *Cyrano de Bergerac* pour tenter de prolonger un peu ce sentiment d'extraordinaire qui venait de passer dans ma vie, cependant, Cyrano parlait d'autre chose. J'avais très peur que ma mère ne surgisse et me demande pourquoi j'allumais la lampe et ne dormais pas, ce qui était mal, mais je le fis et j'ouvris mon journal. J'écrivis avec fantaisie sur un château entouré de jardins sauvages, où les invités feraient ce qu'ils voudraient, essayai dans ces lignes de dériver vers un monde sensuel, mais je n'y arrivai pas. Je voulus alors imaginer un homme. Son visage, toutefois, m'échappait, tantôt trop féminin, tantôt trop masculin. Je ne parvins pas à imaginer quoi que ce soit, en lui donnant des paroles, qui me plaise.

8

Le lendemain, il fallut préparer les pièces de sangliers que Ferràn avait tués. Les bêtes avaient été saignées à blanc, dépecées puis découpées, les blocs de viande avaient ranci au frais, l'eau de la chair avait suinté. De hautes casseroles fumaient. Ma mère avait récupéré le sang et confectionnait des boudins, passant dans le boyau la viande et le gras qui avaient cuit dans le court-bouillon et le saindoux. Elle les plongerait ensuite dans l'eau bouillante, les égoutterait, les lustrerait au gras de porc. C'était agréable d'avoir trop chaud, d'être assise et de se laisser engourdir par cette buée d'aromates et de viande ; et bien qu'elle se fût affairée depuis le petit matin, elle semblait moins exténuée que lorsqu'elle se consacrait à sa mère.

— Tu sais, j'ai réfléchi, après le bac je vais faire lettres.

— Ah ?

Elle avait cru que ça ne m'intéresserait pas. Elle se concentrait à remuer les boudins qui cuisaient.

— Tu es d'accord ?

— Oui, mais pour quoi faire ?

Lancé depuis le renfoncement de sa chaise, le mauvais regard d'Àvia clignota.

— Peut-être professeur de français ? J'aimerais écrire.

— Écrire ? Et le mas ? Qui va le reprendre ?

— Je n'oublie pas le mas. Mais je voudrais écrire pour voir ma propre réalité.

— Mais qu'est-ce que t'en as à foutre de voir la réalité ? explosa Àvia en jaillissant du fauteuil. La terre, l'argent, le travail, c'est ça la réalité !

Comme pour dissiper cette trombe, Tony arriva dans sa petite voiture, klaxonna, nous embrassa à faire des bleus et proposa son aide. Il avait apporté des chocolats de Noël, des paquets de cigarettes dans lesquels ma mère piochait quelquefois. Je mis un café à bouillir, la fumée de cigarettes se mêla aux vapeurs, il faisait bon, Àvia s'était enfin assoupie. « J'adore mettre la main à la pâte », dit Tony avec sa voix modulée de garçon qui veut faire comprendre qu'il aime les garçons. Ma mère lui alluma une cigarette. Même si, en son absence, elle critiquait son comportement – tout y passait, les couleurs qu'il portait, les gens qu'il fréquentait, son inconséquence, sa frénésie de sorties, rien, de sa vie entière, n'était jamais approuvé –, en sa présence, elle le chérissait, s'asseyait pour bavarder sur ses amours, ce qu'autrement elle ne faisait jamais.

Il nous annonça avec fierté qu'il se rendait en Inde pour un long voyage. Il comptait faire du bénévolat et séjourner dans un ashram, ce qui compléterait sa formation de psychologue. Il voulait devenir un meilleur praticien, averti, ouvert à d'autres choses. Àvia, réveillée, lui demanda combien ça coûterait, s'il faudrait encore lui prêter de l'argent, et ajouta que si elle ne s'était pas souciée de la réalité dans cette maison, nous aurions tous fini à la rue. Secrètement, je fus d'accord avec elle. J'avais peur de mourir sous un pont, de froid et de faim. Et voilà que l'insouciant Tony partait dans un pays lointain pour y chercher je ne sais quoi au milieu des temples et du choléra.

Il y a des gens qui arrivent, annonça ma mère qui essuyait des plats devant la fenêtre.

On entendit des pneus crisser, mais je n'en reconnus pas le bruit. Deux silhouettes sombres se dessinèrent devant la vitre de la porte. Ma mère lâcha une vulgarité, ouvrit. Ils se présentèrent. La police était dans la cuisine.

Ils cherchaient un dénommé Ferràn Magne. Dolorès Pons, sœur de l'épouse Olivia Magne-Pons, avait indiqué qu'on pouvait peut-être le trouver ici. Ma mère répondit qu'il n'était pas là, qu'elle ne savait pas où on pourrait le croiser si ce n'était chez lui, qu'elle ne connaissait pas ses habitudes. Elle n'avait pas lâché son torchon humide. Oui, c'était son cousin, Ferràn et Olivia devaient venir manger le lendemain, c'est pour ça qu'elle faisait le boudin, mais elle ne voyait pas où ils étaient. Les flics lâchèrent que vu son état ils seraient étonnés qu'Olivia se pointe où que ce soit, et laissèrent un numéro en demandant de les appeler si nous avions connaissance des déplacements de Ferràn.

Une fois qu'ils furent partis, nous restâmes silencieux. Àvia, du fond de son fauteuil, éructa que ce con avait trouvé une nouvelle manière de foutre la merde.

— On n'en sait rien ! s'écria ma mère.

Elle s'en foutait, Àvia. Ce con avait ramené les flics chez elle. Ça n'était jamais arrivé, jamais, ni chez son père, ni chez elle. Ma mère lança des phrases comme des coups au hasard, mais Àvia l'assomma avec des mots brutaux. Bientôt, elle s'en prit directement à elle :

— Tais-toi ! Tu te tais ! Tu le bades depuis que tu es petite, ce Ferràn, tu ferais n'importe quoi pour lui, il pourrait te pisser dessus que tu ne dirais rien, tais-toi, je t'ordonne de te taire ! Ce con va jeter la honte sur toute la famille, c'en est fini des affaires du mas, tais-toi, mais tais-toi, petite conne !

Ma mère s'était recroquevillée sous les mots d'Àvia. Elle fuit vers la porte et disparut. Nous l'entendîmes grimper dans sa chambre à toute vitesse. Àvia resta figée les yeux brillants, puis ordonna à Tony de la monter au lit. Quand il l'eut couchée, il partit enquêter, trouver Olivia et prendre des nouvelles. Je montai soutenir ma mère. Elle s'était enfermée, et même si je cognai à sa porte, la pièce resta parfaitement silencieuse.

9

Je consignai dans mon journal les événements, avec beaucoup de questions. Dans le mas devenu complètement silencieux, je m'endormis difficilement, parce que je m'interrogeais sur mes sentiments envers Ferràn.

Le lendemain matin, Tony arriva alors que je faisais du café dans la cuisine, et demanda aussitôt où était ma mère. Elle n'était pas encore descendue, alors Tony grimpa les marches quatre à quatre. J'entendis la porte s'ouvrir et claquer, quelques secondes de silence, un cri très bref, leurs voix en colère. Alors que j'étais postée à mi-chemin dans l'escalier, Tony lança à ma mère que je devais savoir, que ça suffisait de me cacher les choses. Puis brusquement il baissa le ton, et lui dit une phrase que j'entendis à travers la porte. « Il l'a violée. » La voix de ma mère s'affola, elle tenta de couvrir ses mots.

— C'est ça, la réalité, Angèle. C'est ça qui s'est passé.

— On n'en sait rien, on ne sait pas, ce sont peut-être des conneries…

— Des conneries ?

— Ce n'est pas ça, il a peut-être déconné, mais de là à dire ce que tu dis…

— Violer tu veux dire ? Tu n'arrives pas à l'entendre ?

Cette fois-ci, il avait crié.

Ce mot, je le connaissais. Je l'avais lu, j'avais cherché son mystère dans les romans, et j'y associais un plaisir coupable, parce que j'imaginais toujours une belle femme pour laquelle l'homme avait du désir, et moi aussi. Parfois, cette belle femme, c'était moi. Et j'étais l'homme à la fois. Malgré la lutte, la belle femme prenait toujours du plaisir.

La matinée qui s'ensuivit fut pénible, une des plus pénibles dont je me souvienne. Tony essaya de calmer ma mère qui criait des abominations sur Ferràn, la sortit presque de force de la cuisine, mais la dispute continua. Àvia hurlait plus que tout le monde et forçait les portes qu'on essayait de fermer, Tony tentait de calmer tour à tour Àvia ou ma mère, répondait au téléphone, qui n'arrêtait pas de sonner. Je ne sais comment, mais les cousins et d'autres avaient appris la nouvelle et il fallait expliquer en réagissant chaque fois à des propos stupéfaits ou incongrus. Tony avait peu parlé avec Olivia, c'était arrivé il y a six jours, elle était amorphe, son mari avait abusé d'elle, il l'avait cognée, elle avait confié ses enfants à la voisine, et la police avait pris sa déposition.

Vers midi, au soleil de décembre qui ne chauffait rien parce qu'il était bas et que le vent soufflait, je rejoignis Tony dehors, qui pompait nerveusement sur une clope, dos au mur. Il avait forcé ma mère à s'isoler dans sa chambre et

Àvia dans la sienne, en prenant une grosse voix que je ne lui avais jamais entendue. Je sentais la colère irradier depuis leur chambre. Je lui demandai pourquoi Olivia ne nous confiait pas ses enfants, le temps qu'elle se repose et qu'elle aille mieux.

— Ce n'est pas de repos dont elle a besoin. C'est de solitude, d'écoute et de compréhension. Un endroit à elle, avec des gens qui la connaissent et qui lui foutent la paix. C'est impossible à trouver.

— Pourquoi des gens qui la connaissent ?

— Parce qu'il faut être vigilant, il faut se montrer très délicat. La plupart des gens croient qu'au fond le viol c'est agréable, que dans un couple, de toute façon, ça n'arrive pas, que ce n'est qu'une énième partie de cul où l'un des deux s'ennuie, que tout le monde est plus ou moins d'accord tout le temps. La plupart ne comprendront pas qu'Olivia ouvre sa gueule. Le problème, c'est que pour la soutenir, les gens devront la croire ; mais ils vont se méfier, ils vont la soupçonner de mentir, d'exagérer. Personne, sauf ceux à qui c'est déjà arrivé, ne va comprendre à quel point elle souffre.

À ce moment-là, il me sembla qu'il était sur le point d'avouer quelque chose, mais il se ravisa.

— Le sexe, c'est une zone obscure. Beaucoup ont des fantasmes bizarres, ne pensent qu'à ça, ne peuvent pas imaginer qu'on n'ait pas envie de baiser tout le temps, de choisir, de refuser. Alors tout ça pourrait détruire Olivia une deuxième fois. Elle ne peut pas se tourner vers n'importe qui, elle est très fragile, imagine. Comme si elle était cassée de l'intérieur.

Tony ne m'avait jamais parlé comme ça et je fus impressionnée. D'abord parce qu'il s'adressait à moi comme à une adulte, ensuite parce que dans ce discours où j'appris tant de choses, je devinai que les adultes ne disaient pas tout, et même parfois qu'ils taisaient le plus important. Je conçus une énorme compassion pour Olivia. Il semblait que ce drame était terrible, un des plus forts qu'on puisse vivre. Je compris avec honte que ce n'était pas du tout ce que j'avais imaginé, et que le mal pouvait survenir très rapidement. J'aurais bien voulu la voir, observer les traces de l'événement sur son visage, approcher le drame pour savoir comment c'était. Mais ma mère refusa de lui rendre visite, car il fallait la laisser tranquille, disait-elle.

Les jours suivants, Tony se rendit chez elle. Il ne proposa pas de m'emmener. J'étais trop jeune pour lui apporter quoi que ce soit, et quand je lui posais des questions, il restait muet sur ses visites.

10

Au cours des semaines qui suivirent, Àvia Magne devint plus méchante. Dans ses paroles, une nouvelle agressivité s'était installée, comme si elle tenait pour acquis d'être servie par ma mère, qui trottait partout comme une folle sous des ordres contradictoires. Le soir, lorsque je faisais mes devoirs, j'entendais l'escalier grincer alors qu'elle grimpait et descendait, dès qu'Àvia l'appelait. Il y eut un moment où ce cri, « Angélique ! », me devint insupportable. Il retentissait à chaque instant, je sentais les pas précipités de ma mère, son énervement grandissant, son souffle exaspéré et ses marmonnements quand elle se dirigeait vers la chambre d'Àvia qui glapissait Angélique, Angélique ! jusqu'à ce que sa porte s'ouvre. À table, maman se taisait, n'ayant aucune envie de faire la conversation. Sa condition me révoltait, et un soir je décidai de défier Àvia pour soutenir ma mère.

— Àvia, tu ne crois pas que maman a besoin d'un peu de repos ? Tu la sollicites tout le temps. À force…

— Tais-toi et mange.

— Je voulais simplement dire que…

— Mange ou je t'en colle une.

Les gifles d'Àvia arrivaient sans délai. Je discerne maintenant ce qui me terrifiait. Ce n'était pas la douleur, mais l'humiliation. Sa main s'abattait sur ma face, et par là me signifiait que je n'avais aucune espèce d'importance. Je compris que je ne gagnerais pas cette bataille, et ma frustration, ma rancœur et ma colère se muèrent en détestation féroce. Je souhaitai très fort qu'elle meure, et le plus vite possible.

Ma mère, les yeux baissés, n'avait pas bronché. Quand elle parla, ses paroles apaisantes ne s'adressèrent pas à moi, pour me remercier de mon soutien, mais à Àvia, cette femme terrible. Elle et moi étions constamment en alerte, les épaules tendues, il nous fallait un sens extraordinaire pour détecter les changements de timbre d'Àvia, la menace dans l'atmosphère. Je prenais sur moi pour ravaler mes mots, ma mère encaissait pour s'occuper d'elle, et nous prenions sur nous, mère et fille, dans toutes les situations où il fallait s'oublier et se taire, accepter l'injustice et bouffer la merde qu'elle nous servait, bouchée après bouchée. C'était survivre. Nous étions épuisées.

Le lendemain, Àvia avait l'air d'avoir très bien dormi. Elle réclama deux fois des tartines. Revigorée, elle était prête à nous tourmenter toute la journée. D'ailleurs, le téléphone dans sa chambre avait souvent sonné ces derniers jours, on l'entendait mener de longues conversations enthousiastes.

Ma mère tenta un acte de rébellion. Elle prétendit qu'elle devait m'emmener dans le centre-ville pour m'acheter des fournitures scolaires, ce qui me parut un mensonge très dangereux. Mais, à ma grande surprise, Àvia dit tranquillement « très bien, je peux tout à fait rester seule », ce qui nous inquiéta, mais nous n'en montrâmes rien.

Nous filâmes en silence après l'avoir installée au lit. Maman nous traita comme des reines, cet après-midi-là. J'eus droit à un chocolat chaud, une crêpe, un livre et un stylo plume. Elle me posa des questions sur l'école, me demanda si j'avais un amoureux, ce qui me gêna, parla de Tony d'un ton enjoué et m'apprit qu'il partait dans moins de six jours. Nous rêvâmes de ce pays dont nous ne savions rien ou presque. Je crois que ce sont des souvenirs heureux : la baie vitrée qui nous reflète, nous deux penchées sur les tasses de chocolat chaud, ma mère sous ses couches de laine, son visage dans la lumière dorée de décembre, un rare moment de tendresse.

Mais au retour elle reprit son visage de terre. À la porte de la cuisine, elle s'était figée. Àvia Magne était là, installée devant la cheminée, alors que nous l'avions laissée dans son lit. Elle souriait d'un rictus de bandit satisfait. Il ne fallait pas l'embêter.

— Qui est venu ici ? s'alarma ma mère.

— Ferràn, répliqua Àvia.

— Mais comment ? Pourquoi ?

— Il est venu faire la visite comme un neveu bien éduqué. C'est le seul qui pense à moi dans ma maladie. Tu sais qu'il me téléphone tous les jours ? Il a passé l'après-midi ici.

— Mais maman, il est recherché par la police.

— Il n'est pas encore criminel, que je sache, coupa Àvia.

On ne sait pas pour le procès. D'ici là, il est le bienvenu chez moi.

— C'est aussi chez moi, dit ma mère, qui aurait mieux fait de la boucler.

Une tornade sans réplique emporta la résistance maternelle. Ma mère ne possédait rien.

— Le mas, il est à moi, à moi seule, tu entends ? Et personne ne me dira ce que je dois faire chez moi.

Mon sentiment de haine s'accrut, je lui aurais sauté à la gorge en lui plantant les doigts dans la peau du cou. Soudain, je fuis. Je courus, loin, sans savoir où.

Dehors, la nuit était nettoyée par la tramontane. Dans le bois de chênes, loin des habitations, je voulus expulser quelque chose, frapper n'importe quoi avec un bâton. Je voulus crier. Je n'osai pas. Puis je me dis que le mas était loin et j'essayai, mais rien ne sortit.

Quand je rentrai, le dîner n'était pas prêt, ma mère était dans la chambre d'Àvia, porte close. Je les entendis parler avec véhémence de quelque chose qui concernait Ferràn. Je me fis un repas de restes et le montai dans ma chambre, les pensées agitées – que dire, et si je partais, oui mais où aller, et l'école ? Avec quel argent ? J'ouvris des livres. J'aurais voulu trouver un texte qui me parle de la situation, me donne des solutions, qui montre un personnage comme Àvia, et qui me dise : voilà, c'est comme ça qu'on l'écrase et qu'on la vainc, cette punaise. Mais rien de tout cela dans *Madame Bovary*, dans *Le Rouge et le Noir*, chez Molière ou Racine. « Je voudrais lui cracher dessus », c'est l'en-tête que j'écrivis dans mon texte du jour.

11

Le procès de Ferràn s'ouvrit le jour de la procession de la Sanch, le Vendredi saint. Ma mère et moi descendîmes en ville, et traversâmes les dernières rues à pied. Derrière la foule, qui nous entravait, on apercevait les processionnaires en costume rouge et or, aux longues toques pointant vers le ciel bleu. Dans le silence, des notables qui faisaient pénitence avançaient sur leurs genoux, des chaînes aux chevilles. Les statues du Christ, en plâtre beige enterré sous des fleurs, balançaient par-dessus les têtes. Devant la parade on se signait, on faisait taire les enfants qui posaient des questions.

Arrivée devant le tribunal, je constatai que nous étions entre nous. Pas de témoins. Les cousins d'Olivia, Mario et Hélios, étaient déjà là. Je vis aussi Sandrine et Dina, les petites-filles de René Preste, feu le cousin d'Àvia Magne. Pour la première fois, Mario et Hélios portaient des complets de tissu brillant, avec cravate, les cheveux gominés. Sandrine et Dina, en bleu marine et beige, présentaient le même chignon rond, la robe boutonnée jusqu'au cou.

Ça puait le mensonge. Pleine d'inquiétude, je cherchai les avocats. Je souhaitais, pour Olivia, un homme en acier, un dur. Elle arriva vêtue de noir, dissimulée par un foulard et des verres fumés, suivie par un homme qui se frayait un chemin en demandant pardon. Les cheveux maigres de l'avocat bouclaient contre son menton mou. J'esquissai un mouvement vers Olivia, attirée. Ma mère retint mon bras. Qu'est-ce que tu fais ? siffla-t-elle. Elle me fit mal, elle y avait planté les ongles.

Dans la salle d'audience, je ne vis de Ferràn que son dos, sous une veste de velours côtelé. Il avait soigneusement lissé et attaché ses cheveux. Il voulait avoir l'air respectable et je le haïs un peu plus. Il n'était pas là pour donner des réponses honnêtes, il était là pour sauver sa peau. Les réactions d'Olivia indiquaient que Ferràn mentait, mais par une logique mystérieuse du procès elle n'avait pas le droit d'y répondre directement. Ferràn s'en tenait à sa ligne, il n'avait pas fait ce qui était dénoncé. Il la reniait encore, cette fois-ci devant tous les autres. Quant aux questions du juge, elles me semblaient insupportablement vagues. Comment pouvait faire Olivia pour prouver qu'elle disait vrai ? Heureusement, il restait le mensonge, qui laisse des traces sur le visage, dans les trous du discours. Mais Ferràn levait pour le cacher une forêt inextricable de mots, et le juge restait bizarrement à l'orée du bois. Je le trouvais lâche.

Cela sautait aux yeux que Ferràn mentait, sa voix était bizarre, arrogante. Il insistait sur son affection pour Olivia, sa sollicitude de mari, son rôle de pater familias et de membre honorable du clan. Il délirait avec tranquillité et assurance. « Jamais je ne lèverais la main sur une femme, particulièrement mon épouse », disait-il.

— Pourtant, vous avez déclaré, je cite, « c'est vrai, j'ai rendu une gifle légère à Olivia, parce qu'elle m'avait griffé au visage immédiatement après avoir eu des relations sexuelles ».

— Excusez-moi, j'avais oublié cet incident.

— Et pourriez-vous m'expliquer pourquoi votre épouse vous griffe à la fin d'une relation sexuelle ?

— C'était un jeu entre nous. Nous faisions cela souvent, pour nous amuser.

— Cela vous amuse ?

— Oui, et elle aussi. Elle adore ça.

J'entendis, de ma place, le hoquet d'Olivia.

— Comment expliquez-vous que dans une précédente déposition, vous avez dit qu'immédiatement après le rapport, vous vous êtes endormi ? Vous vous êtes endormis ou vous vous êtes battus ?

— Je lui ai donné une petite gifle, et après, comme j'étais fatigué, je me suis endormi.

— Bien, ce sera tout, vous pouvez vous rasseoir.

Contrairement à tous les autres, j'avais observé Olivia pendant l'interrogatoire de Ferràn. Sur ces derniers mots, son buste s'était brisé vers l'avant, son visage plein de stupeur. À présent son regard était terne. Et plus Ferràn prenait de l'assurance, plus fort il croassait, plus elle se recroquevillait.

Commencèrent les dépositions des témoins. Furent appelés Hélios, ma mère et Sandrine. « Hélios Salve. Je suis le cousin de Ferràn. Je déclare que Ferràn est un homme respectable, qui se comporte parfaitement avec les demoiselles. C'est un époux fidèle et un chef d'entreprise respecté, qui va à l'église le dimanche. Il aide des clubs sportifs de jeunes. Il n'a jamais dit qu'il avait des problèmes conjugaux. Je ne l'ai jamais vu se battre. »

« Angélique Magne. Ferràn est mon cousin direct. C'est un brave garçon qui soutient la famille. Il serait incapable de faire du mal à une mouche. Si c'était le cas, moi qui le connais depuis longtemps, je l'aurais constaté. »

« Sandrine Preste. Mon grand-père et le grand-père de Ferràn étaient cousins. Je connais Ferràn depuis toute petite, pour moi il est comme un frère. Il est respectueux avec les filles, je ne l'ai jamais vu violent, et je jure que je ne l'ai jamais vu draguer ou tromper sa femme. »

Je me souvenais parfaitement du maillot vert émeraude flottant sur l'eau profonde, celui-là même que je gardais au fond de mon tiroir.

12

Ce printemps-là fut exubérant, comme indifférent aux horreurs du monde. Ma mère s'affairait à préparer le mas pour le mariage de Dina et Mario, qui se tiendrait fin juin. Tu ne te réjouis pas ? demandait-elle en passant. J'essayais de l'éviter le plus possible, parce que j'avais honte de mes notes qui avaient chuté, et que je ne savais pas comment l'expliquer. Lorsque je me penchais sur mes devoirs le soir venu, les mots devenaient flous. Leur sens m'échappait, un brouillard envahissait ma tête, j'avais des débuts de migraine. Quand je compris que ça ne changerait pas, je n'ouvris plus mes cahiers. Je me réfugiais dans le sommeil, contre lequel je luttais pour m'extraire comme d'une mélasse désagréable. J'arrivais épuisée au collège, les idées obstruées par je ne sais quel maléfice. Pourtant, s'il remarqua que je m'enfouissais de plus en plus en moi-même, le professeur de français n'en dit rien, en tout cas pas immédiatement. Désormais, il réservait toujours une question pour moi à la fin du cours.

— ... Et si vous vous penchez sur la page soixante-six,

là où Madame Bovary a des rêves inféconds, des évaporations, comme on aurait pu dire en son temps, vous verrez qu'ils ne lui serviront en rien pour s'inscrire dans la réalité. Regardez comment Flaubert traite ce qu'elle lit lorsqu'elle est au couvent : « Ce n'étaient qu'amours, amants, amantes, dames persécutées s'évanouissant dans des pavillons solitaires, postillons qu'on tue à tous les relais, chevaux qu'on crève à toutes les pages, forêts sombres, troubles du cœur, serments, sanglots, larmes et baisers, nacelles au clair de lune, rossignols dans les bosquets, messieurs braves comme des lions, doux comme des agneaux, vertueux comme on ne l'est pas, toujours bien mis, et qui pleurent comme des urnes. » Est-ce que cela vous paraît être une description neutre ?

— Non, dit une voix derrière moi.

— Que fait Flaubert dans ce passage ? Catalina ?

— De l'ironie.

— C'est ça. Il est en train d'amener le lecteur à prendre de la distance avec ces littératures sentimentales, car Flaubert est tout sauf sentimental. Que peut-on en conclure ? Madame Bovary est remplie de ces rêves : pensez-vous qu'elle trouvera ces messieurs braves comme des lions, doux comme des agneaux, et cætera, dans sa vie de femme de campagne ? Non. Emma Bovary se nourrit d'une littérature qui entretient son fantasme ; comme si elle croyait vraiment aux contes de fées. Dans les contes ou dans ce que lit Madame Bovary, le principe de réalité est écarté. En revanche, pour Flaubert, tout est très clair. Soyez plein d'acuité envers le réel, suggère-t-il, et on verra ce qui se passe. Que se passe-t-il à la fin d'un conte de fées, entre la princesse et le prince ?

— Le château, les gosses, ils vécurent heureux jusqu'à la fin de leurs jours, répondit le blond.

— Voilà. Vous remarquerez que le conte s'arrête au moment où la réalité commence. Auparavant, la Belle au bois dormant rêve, comme Blanche-Neige dort, le monde de Madame Bovary est fait de forêts sombres et de nacelles au clair de lune. Quand est-ce que les rêveuses et les rêveurs retrouvent la réalité ?

— Au réveil.

— On peut donc en conclure que pour Flaubert, la réalité ne fera jamais rêver.

Pour rêver, je n'avais pas de paysages au clair de lune, mais un chemin le long d'une rivière à l'eau rare, entre de grands vergers, un fouillis de buissons verts, dont certains seulement jaunissaient à l'automne. À ce moment-là, j'essayais moi aussi de posséder des rêves, des rêves à moi, sans lune, sans rossignols, sans discours au langage trompeur.

De toute façon, les petits hommes du collège avaient la voix rauque et des habits flasques qui me déplaisaient. Ceux des illustrations de l'époque de Flaubert paraissaient d'un autre monde, avec leurs redingotes étroites et leurs tailles corsetées. On nous mentait, tout dissonait, les lèvres des hommes n'étaient pas des petites fraises, leurs pieds n'étaient pas menus.

L'homme était large, il s'époumonait et devait maîtriser son poil qui s'exprimait par tous les côtés. Ses muscles pouvaient faire mal. Il avait cet appendice pointu, qui voulait toujours rentrer quelque part. Je ne comprenais pas comment l'homme pourrait être inoffensif, encore moins me manier, moi, avec ma nature fragile. Les hommes avaient un code clair : se revigorer pour la lutte, puis se rassembler et foncer dans la mêlée. L'homme et la femme étaient contraires, le monde était ainsi fait et donc mal fait. Et comme tout finissait par un combat physique, l'homme gagnerait sur nous quoi qu'il arrive.

Il me semblait que personne ne s'occupait de l'orfèvrerie intime des femmes, et que si nous en avions pris compte, nous aurions évité ce gâchis de la guerre des sexes. Le monde était borgne. Les tableaux, par exemple, effaçaient celui, personnel, des jeunes filles, des femmes usées, des anciennes. Ils couchaient plutôt des madones au bain et des madones au lit, des madones goulûment tétées puis séquestrées. Le désir de l'homme artiste ne s'adressait qu'aux désirs de l'homme spectateur. Combien j'avais vu de scènes de pucelles sur le point de se faire violer, peintes par un pinceau voluptueux ? Je ne trouvais pas de femmes enceintes nues dans les tableaux, ni de vieilles dames souveraines ; quand nous étions vieilles, nous étions dangereuses et laides. Où étaient les sujets de femmes dirigeantes, enseignantes, celles qui ne se mouraient pas dans l'attente de l'homme ? Le monde de la dame dans le tableau ou dans le roman n'était que nuit et vide, car personne ne racontait ce qu'elle ressentait. Nul auteur ne s'intéressait à sa vraie vie, celle qui commençait une fois que l'homme peintre ou écrivain était parti. Je ne trouvais pas de sœur dans les opéras, dans les peintures ou les romans. J'en avais assez des Tosca, des Traviata, et de la Dame aux camélias.

13

Il y avait dans ma classe une fille aux cheveux très noirs, raides et courts. C'était une des rares qui fumaient, et quelle que soit la chose dont elle parlait, principalement le sexe, elle la tournait en dérision par une expression désabusée. Je découvris l'ampleur de ce que je ne savais pas, et je tentai d'en savoir plus, mais dans sa frugalité sentimentale, elle ne fit pas l'effort de m'expliquer. Je prenais un air entendu, mais ensuite ces images proliféraient dans mon imagination, ces phallus, ces pénétrations, ces langues. Elle leur donnait une existence brutale dans un lexique moderne, méprisant, vulgaire, avec un aplomb qui me fascinait. Je rentrais le soir pleine de son prêche, de ses mots qui ne me faisaient pas rêver mais qui me subjuguaient.

En revanche, les adultes qui le faisaient n'en parlaient guère. Le mariage de Dina et Mario se tiendrait au mas, où avaient vécu Sandro, le père de Dina, et René, son grand-père et le cousin de Marie-Josèphe. J'attendais avec impatience le retour de Tony, prévu la veille des noces, et comme il fallait débarrasser la cour des vieux déchets, racler la fontaine, dépoussiérer la grange, je découvris que frotter, trotter et soulever m'évitaient de penser au viol d'Olivia, au silence de ma mère et de sa propre mère, qui toutes deux s'étaient tues au procès, et après.

Dolorès, la sœur sécheuse d'Olivia, nous fit une visite de courtoisie. Elle s'assit à la table de la cuisine et réclama un thé, que ma mère lui servit avec réticence. Pleine de bonne volonté, Dolorès lui demanda comment allait le mas, si les ventes avançaient bien, si la vigne poussait, est-ce qu'Àvia Magne avait recouvré la santé ? Ma mère se résolut à prendre des nouvelles d'Olivia, et Dolorès, avec pudeur, lui répondit que les enfants étaient pris en charge, qu'Olivia avait disparu quelque temps, avant de réapparaître. Elle avait alors tenté de la voir, mais sa sœur refusait systématiquement. Elle se cloîtrait chez elle, et qu'est-ce qui se passait chez eux quand Ferràn rentrait dans cette maison silencieuse ? Elle n'en savait rien. J'écoutais intensément et ces propos se mêlèrent aux mots sales de Marie-Laure, qui formèrent une petite boule sombre ; logée au creux de ma poitrine, elle se mit à grandir comme un trou noir maléfique, et se nourrit de tout ce que je ne parvenais pas à oublier.

Un dimanche, ma mère me houspilla une fois de trop, alors je décidai de faire comme Marie-Laure. Elle m'avait confié, un jour qu'on était assises sur les marches du lycée : « Il est bandant, ce mec, mais il me fait vomir. Je m'en fous, qu'il crève. Il en veut à ma chatte, il me manipule. Mais c'est la tête qui décide. La mienne est peut-être folle mais je n'en fais qu'à ma tête ! » Ma mère m'avait reproché de ne pas anticiper le travail à faire. « Dès qu'il s'agit d'aider ta mère, il n'y a plus personne ! » et ainsi de suite. C'est là que la phrase de Marie-Laure prit son sens. Maman tordait une serpillière dans un seau de lessive, la tête trempée de sueur. Alors, je remontai dans ma chambre, installai un miroir sur une chaise, et m'assis devant pour taillader mes cheveux le plus court possible.

14

Dès juin, les classes se vidèrent. On négligeait les derniers cours. Docile, je tins jusqu'à l'ultime leçon donnée par le professeur de français. Il nous libéra, annonça qu'à partir de ce jour il n'était plus utile de revenir. Je rentrai de l'école à midi, légère, en gambadant sur le chemin du mas. Les préparatifs du mariage étaient terminés, je me réjouissais de lire au jardin. De la cour, j'entendis des voix qui se disputaient dans la cuisine. Derrière le rideau à mouches, Àvia marchait lourdement et pestait. Le mariage à venir l'avait remise sur pied.

— Je te dis que tu dois le défendre et aller me faire cette déposition sans moufter !

— Mais maman, je n'ai pas envie d'aller laver notre linge sale en public. Déjà qu'elle nous emmerde, Olivia, avec tout ça ! Elle ne pouvait pas régler ses affaires toute seule ?

— Qui te parle de laver le linge sale en public ? Je te parle de le blanchir, imbécile ! De défendre Ferràn, et de dire que tu n'as rien vu.

— Mais je sais comment il est, tout le monde le sait !

— Mais ça je m'en fous ! explosa Àvia. Tu dis ce qu'il faut, pas ce que le juge a besoin, tu m'entends ? Sinon, c'en est fini du mas et de la famille. Non mais tu es bouchée, des fois !

— Remarque, ça lui apprendra à ne pas alpaguer tous les hommes, à l'autre troujasse, marmonna ma mère en écartant le rideau à mouches, ce qui nous mit face à face. Qu'est-ce que tu fais là, toi ? Tu n'es pas censée être à l'école ?

— Les cours sont annulés. Qu'est-ce qui se passe ?

Elle ne daigna pas me répondre. Même pour les cheveux, elle n'avait rien dit. Je décidai de disparaître jusqu'à ce que quelqu'un s'inquiète pour moi.

Je tins ma résolution jusqu'au jour du mariage, bien moins cher que celui d'Olivia. La veille, ma mère partit témoigner une deuxième fois au tribunal. Lorsqu'elle revint, elle s'enferma dans sa chambre jusqu'au lendemain. Moi, j'avalai ma soupe en silence face à Àvia qui faisait des bruits de déglutition difficile. Je la regardais par en dessous en me demandant comment ma mère avait pu la supporter si longtemps, avec sa face de punaise. Je me serais cassée, à sa place. Je leur en voulais de ne pas défendre Olivia, dont personne ne semblait voir le malheur à l'exception de Tony.

Le mariage se tint à l'église d'Elne, un village assoupi traversé par les hirondelles. Je décidai que la cérémonie me *saoulait*, d'autant qu'on me demanda de surveiller de près des gamines du coin qui hurlaient et se tiraient les cheveux.

Après la cérémonie, les invités se rassemblèrent au mas pour dîner. Cette fois-ci, les ampoules étaient cassées et la table réduite. Ma mère était en cuisine et je servais et desservais les invités, dont Flavia Preste, la mère de Mario et Hélios, et Jeanine, la mère de Dina et Sandrine, qui écrasaient les chaises de leurs fesses énormes et se gonflaient de fierté. Aucune ne laissait l'autre finir sa diatribe sur les mérites de son enfant ; à les entendre, chacun était trop bien pour l'autre. Dina trônait en robe de satin rutilant, harnachée de dentelles en nylon et engoncée dans ses manches énormes, les boucles piquées de fleurs artificielles. Un parfum de vieux mâle cocottait et c'était celui de Mario, confit dans son complet rose saumon. Tony n'était pas venu. Je fus si triste qu'après le gâteau à étages, je disparus en me coulant dans l'obscurité et montai m'étendre sur mon lit, lumières éteintes. Ils avaient lancé la musique et je la détestais. Je trouvais que ces gros bruits mécaniques n'avaient rien à voir avec le mas, avec son style et son histoire. C'était de la musique de boîte de nuit, qui martelait la tête pour y enfoncer ses rythmes. Malgré cela, je m'endormis, m'échappant encore une fois par le sommeil et le rêve. Dans celui-ci, Tony arrivait sur le sable aveuglant d'une mer peu profonde, limpide. Il voguait dans une voiture turquoise, et me disait : « Il est au bout du chemin. »

15

Les invités avaient prévu de passer la journée suivante à la mer. Léna Muntaner, qui rangeait avec moi les restes de la fête, m'attira vers l'arrière du mas. Elle posa son café sur une pierre et roula une cigarette.

— Tu es au courant ?

— Au courant de quoi ?

— J'ai entendu une conversation, hier, entre Hélios et Mario. À propos du mas, et de l'héritage. Tu n'es vraiment au courant de rien ?

— Rien de rien.

Elle tira fortement une bouffée, indécise.

— Bon. Jure-moi que tu ne diras jamais que ça vient de moi. Sinon c'en est fini de mon père et moi dans ce mas.

— Je suis une tombe. C'est juré.

— Tu n'as pas remarqué comme les frères Preste s'entendent bien avec Ferràn ? Ils sont toujours fourrés avec ce salaud.

— Oui, j'ai vu ça. Je les aime pas, ces Preste.

— Hier, en allant chercher du vin à la cave, j'entends

les Preste parler derrière le laurier. Ils disaient que la teigne – c'était Marie-Josèphe, que Léna n'appelait jamais par son prénom – avait fait un pacte avec Ferràn.

— Un pacte ?

— Elle lui a promis qu'elle lui léguerait le domaine à condition de ne pas se faire choper avec l'histoire du viol. Et une fois qu'il l'a, de divorcer d'Olivia. Comme ça il sauve la réputation des Magne, il récupère son pognon, peut-être même celui d'Olivia – tu sais que les Pons sont riches ? –, et la teigne sera tranquille parce que le domaine, c'est Ferràn qui le tiendra.

— Mais ma mère ? C'est elle, l'héritière.

— C'est pour ça que la teigne a demandé à tout le monde d'aller le soutenir au tribunal. Il n'y a que Tony qui a refusé, et comme par hasard, il s'est tiré en Inde. Ils ont bien manigancé leur coup, ces deux salauds. Et le pire, c'est que j'entendais les Preste ricaner, et qu'Angélique elle aura un héritage minable, et que la vieille préfère tout léguer à Ferràn, parce que soi-disant c'est un malin et un commerçant. Je te jure, tu devrais parler à ta mère, elle ne voit rien venir.

Oui, pauvre maman. Je la vis nettement, trahie et dépouillée par sa propre mère, désintéressée des hommes, brisée par les efforts que ce mas lui demandait. Mais Léna continuait. Cette nuit, chuchotait-elle, j'ai fait des choses avec un des invités, dans les vignes.

Contrairement à Marie-Laure, elle n'était pas punitive à propos des hommes. De sa mère allemande, elle avait gardé une peau de blonde, en deux ans elle avait drôlement poussé, ses nattes brillaient, une douceur rose émanait d'elle. Comme elle paraissait avoir le béguin, je ne dis rien.

Vers midi, le mas se vida. Tous étaient partis à la plage, y compris ma mère, qui faisait la guide, ainsi que Léna qui espérait pouvoir prolonger sa romance. Enfin seule. La première chose que je fis, ce fut noter les numéros de téléphone de Tony et de Dolorès. Ensuite, j'attrapai la boîte en métal cachée au-dessus du buffet, dans laquelle ma mère gardait l'argent. Je pris trois billets de cent francs sur les cinq qui restaient. Dès lors, je fis tout avec agitation. Je courus dans ma chambre, choisis à la hâte des habits, les fourrai dans un grand sac avec journal, stylo, porte-monnaie, carte d'identité, petit couteau pour les repas et les agressions. J'ajoutai les deux cents francs que j'avais gagnés pendant les vendanges. Je m'interdis de m'asseoir, par peur de perdre ma résolution. Je laissai un mot sur le carnet dans la cuisine :

Maman, ne t'inquiète pas, je ne vais pas faire de bêtises. Je m'en vais pour un moment. Je te donnerai des nouvelles. Je t'ai pris 300 francs que je te rembourserai un jour. J'ai besoin de partir. Je suis malheureuse mais je ne suis pas folle. C'est trop difficile ici, je n'en peux plus. Je reviendrai quand j'irai mieux.

Je marchai très vite jusqu'à l'arrêt de bus, dans la crainte que Justin, qui travaillait aux vignes, ne m'aperçoive, qu'il signale ma fuite. Mon sac était lourd, j'avais chaud et j'avais oublié de prendre de l'eau. Je m'étais habillée comme si j'allais passer la nuit dehors, et avec la chaleur, j'étais trempée et les mouches m'embêtaient. Je gardai la tête baissée jusqu'à l'arrivée du bus et montai avec soulagement. Il transportait les baigneurs qui revenaient de la plage, insouciants et colorés. Moi, je réfléchissais à mon plan. Est-ce que j'arriverais à Paris pendant la nuit, ou avant ? Comment choisir un hôtel ? Il me fallait établir des priorités. C'était grand, par où commencer ? Je ne connaissais personne. Est-ce que je trouverais des choses à manger sans trop dépenser ? Comment fonctionnaient les consignes ? Une fois arrivée à la gare, je me plantai devant le panneau d'indication. Pour aller à Paris, il fallait savoir par quelle ville passer. Et si le seul train que je devrais prendre pour y arriver dans la journée était sur le point de partir ? Un contrôleur sifflait le départ. Il était moderne, ce train ! Peut-être que la gare de Paris n'était pas dans le centre, mais à l'extérieur, et qu'il faudrait atteindre la capitale par des moyens mystérieux, interminables.

Tout cela devenait trop difficile. J'enviais le couple qui dans le bus revenait de la plage : comme la vie avait l'air facile pour eux ! J'hésitai longtemps devant le panneau, à regarder plusieurs fois les mêmes horaires, à vérifier ce que je venais de comprendre. J'étais mineure. Me poserait-on des questions ? Et si les hôtels abordables étaient complets ? Devrais-je dormir sur un banc, avec les clochards, les rôdeurs ? Et puis, je ne savais pas quoi faire. Paris était démesurée. Par où commencer ? Et si je décidais de rester, où travailler ? Comment trouver une chambre ? L'entreprise devenait trop grosse. Ma propre envie de renoncement me découragea. Je cherchai des prétextes pour éviter de me sentir trop lâche, et j'en avais ! Ma mère s'affolerait, il en faudrait peu pour que son cœur ne cède, je serais la traîtresse de la famille, et ce serait pire après qu'avant.

Le bus du retour passa devant moi et s'arrêta plus loin. C'est lui qui me ramènerait à la maison. Je courus et m'assis dans un coin, couverte d'une sueur froide de la peur. Pendant le trajet, je luttai pour respirer. Lorsque je vis le mas, je fus soulagée, alors que je le détestais encore plus.

— Tu m'as trahie !

Ma mère tenait la lettre loin d'elle, le bras tendu. Des larmes coulaient sur son visage blanc, dévitalisé. À cet instant, je vibrais de désolation. J'aurais voulu l'entourer de mes bras, me fondre à elle, tout annuler.

— Tu voulais m'abandonner.

Cela me parut tellement incongru que je ne compris pas. Il ne s'agissait pas de la laisser mais de partir. J'ouvris les yeux un peu plus.

— Tu ne réponds pas. Tu es comme ton père, un déserteur.

Elle se tourna et se dirigea vers la porte, me montrant son dos, tordu par le travail, dont les vertèbres saillaient sous la peau tendue de son torse malingre.

16

Marie-Josèphe Magne faisait partie des vingt personnalités les plus importantes de notre région. Avec elle, on plaçait Babu Ciburre, Reynald Creixell, Jean-Gaston Mérignac-Lapeyre, Michel-Astor Ribeirac et Rosette Sanchez-Dupuis. Rosette Dupuis, veuve avec opiniâtreté depuis sa jeunesse, se faisait dans les cent cinquante mille francs par an avec la culture des pêches et des abricots, qu'elle possédait par demi-douzaines de parcelles. À l'époque, notre mas valait dans les sept cent cinquante mille francs. Tony gagnait trois mille à mi-temps, et le café coûtait un franc cinquante.

Àvia Magne avait accru sa fortune avec des méthodes de broyeur d'os. Elle avait empêché trois mariages ; bradé des terres grâce aux menaces, qu'elle avait rachetées deux semaines après à moitié prix ; exercé son chantage sur des femmes enceintes et cumulé les secrets sur les grandes familles dans un journal où elle consignait les exactions de ses semblables.

Aujourd'hui 30 mars 1987. Le père Tardieu dit que la cousine de Marie-Aurore Preste de son prénom Sidonie, a connu le péché avec le chevrier de Sorède Jean Merciès à dix-sept ans. Sidonie est dans les temps actuels fiancée à Gabriel Garrigue et au 23 mars 1987, elle paraît enceinte du quatrième mois. La mère ne sait pas l'état de la fille. L'enfant n'est pas de Garrigue.

Aujourd'hui 9 septembre 1988, le maire André Cazeneuve s'est oublié et m'a dit que sa grand-mère possède les vignes de Rosselló. Je sais maintenant qui ne veut pas vendre à Rodriguez Pastor, qui me doit 3 850 francs sans les intérêts.

Son carnet, je savais où elle le cachait. Elle le glissait dans ses châles de laine, au fond d'un tiroir de sa commode. J'allais parfois le lire, par ennui.

21 juillet 1997. F. gagne dans les 8 000 francs par mois dans son garage. Il m'a dit ne déclarer que les 70 %. Les factures sont corrigées. Il a un compte en Andorre où il dit qu'il possède 275 000 francs non déclarés. L'accident du jeune mort à moto devant le Caribana, c'était lui. Il l'a percuté parce qu'il était saoul. Il dit que personne ne le sait. La police a interrompu les recherches avant de le trouver. Il est en compte commun avec son épouse Olivia Magne qui a mis dans le mariage 500 000 nouveaux francs de l'héritage de ses parents. J'ai entendu Hélios Magne parler de deux femmes qui sont prostituées et que F. prend comme maîtresses, prénommées Felicia et Marina, des Brésiliennes qui travaillent avenue de la Gare.

Je pris le carnet et le cachai dans un endroit introuvable.

17

Une des conséquences imprévues de ma fugue fut le relâchement de la surveillance maternelle. Progressivement, pendant les trois ans de lycée, j'acquis une nouvelle liberté. Je fus autorisée à sortir en journée sans demander la permission, pour me rendre au centre-ville. Pour mon entrée en première littéraire, je m'offris un rendez-vous chez le coiffeur qui arrangea la touffe informe qui avait repoussé n'importe comment.

Au lycée, je me rapprochai de trois filles, très populaires : Alexandra, Déborah et Victoire. Je ne sais pourquoi elles me toléraient à leurs côtés, car nous n'avions rien en commun. Déborah pratiquait la danse classique, et faisait défiler les amants, Victoire portait des marques qui claquaient en grosses lettres, faisait du cheval dans le domaine de ses parents, Alexandra, sophistiquée et très satisfaite de son apparence, se tenait raide comme une vieille dame riche. Ces filles s'ennuieraient à mourir si je les invitais chez moi, à traînasser dans le jardin et repousser les herbes du pied. Leur monde se situait en centre-ville, le mien en périphérie, dans un no man's land dont elles n'avaient aucune idée. Elles maîtrisaient leur territoire, boutiques, choses à la mode, alors que j'héritais des habits que ma mère avait portés. Comment savaient-elles ce qui était à la mode ? Et ce langage moderne, où l'avaient-elles appris ?

Nous savions ce qui incluait ou excluait : coiffures réussies, vêtements signés, chaussures siglées, cahiers de luxe. Certains élèves arrivaient comme moi, effarés de se retrouver là, au grand jour, sans ces signes d'appartenance, et finissaient par accepter un nombre croissant d'humiliations. Je faisais donc très attention à ne pas tomber en disgrâce. Les exclus s'isolaient dans les coins de la cour, au centre de laquelle se tenaient les beaux, les enviés. D'autres prenaient le rôle des bouffons du roi, par des blagues et des monologues, parfois même en retournant leur humour contre eux-mêmes. Restaient ceux à qui personne ne parlait, et que nous nommions les fous. Je pressentais que si j'exprimais réellement ce que je pensais, on m'aurait assimilée à leur groupe.

Il y avait des fous de toutes sortes, qui n'héritaient de ce titre que par leur apparence inclassable, leur nervosité. Les beaux ne s'adressaient à eux que lorsqu'il fallait se défouler. Il y avait le fou qui portait des pulls au col trop serré, à la laine trop chaude, essoufflé et rougeoyant, qui provoquait chez les filles une répulsion immédiate. Ce fou, Lionel, avait des accès de violence imprévisible, démarrait brusquement des courses obstinées autour de la cour pour rattraper quelque chose, qu'un garçon lui avait volé. Souvent, à l'heure des sorties, on le voyait exploser en pleurs à l'arrière de la voiture de sa mère, plus cramoisi que jamais, tapant du poing sur la vitre. D'un jour à l'autre, il ne vint plus en classe et personne n'en connut la raison.

Oui, par contraste, j'idéalisais les années suivantes, impatiente d'entrer à l'université, de rencontrer des amis capables de sollicitude, d'échanger enfin avec des gens qui liraient aussi. Un jour, au lycée, j'avais imprudemment cité Nicolas Bouvier. Comme quelqu'un demanda de qui je parlais, je me lançai avec ferveur dans une description de ses textes. Avec lui, dis-je, j'ai l'impression de mâcher la réalité. À ces mots, les têtes s'allongèrent et personne ne se donna la peine de répondre. On ne me parla plus pendant deux semaines, puis on m'évita encore quelques jours, par sécurité. Depuis ce jour, je ne parlai plus de livres.

II

1

Un matin d'été, Léna me proposa d'aller voir les taureaux à Nîmes. Justin connaissait des amis, les Saint-Levant, qui fréquentaient les corridas. Ils nous laissaient leurs places. Ils possédaient un mas vers Arles, au milieu du foin et des rizières. Léna inviterait un garçon de sa classe qui lui plaisait, hâlé et décoloré par ses journées de plage.

En allant vers la Camargue, entre la mer et les marais salants, la terre déroula une succession d'eaux vertes, de craie, de flaques de sel. Nous étions ravis, les cigales grinçaient, on sentait l'odeur de saumure des marais et celle, balsamique, des pinèdes. Justin ne semblait pas gêné que sa fille emmène un homme avec eux; pourtant, elle charmait Mickaël. Je me doutais qu'ils sortiraient ensemble le soir même. J'étais stupéfaite qu'un garçon accepte de suivre une fille toute la journée avec son père dans les pattes. Justin se montra cordial, de toute façon, et il nous suivit, à flâner sous les platanes d'une boutique à l'autre, à tripoter les articles pour touristes, cigales de faïence, savons à la lavande et céramiques. C'était un homme aimable, qui s'était rangé des femmes et sortait peu, lisait le soir devant la fenêtre. J'enviais cette relation paisible, entre père et fille, débarrassée des mères.

La corrida fut un désastre : la pointe dans le garrot des taureaux, les pattes qui cédaient brusquement, l'atrocité de leur faiblesse, l'incompréhension puis la résignation après une défense farouche. Révoltée par ce public réuni pour assister à une mise à mort, je me levai, pleine de larmes. Léna voulut m'entourer de ses bras, je me dégageai, sortis en bousculant la rangée. Je tournai le dos à ce taureau pour lequel je ne pouvais rien faire. Cet animal pissait le sang, ses rotules lâchaient, son bel œil rond pleurait. Je le savais et je m'enfuyais. Je me réfugiai sous les arches, dans l'ombre de ces cavités fraîches qui découpaient la lumière du Midi.

Sous la chaleur, la ville s'était vidée. Il ne restait sous les arcades qu'une silhouette, celle d'un jeune homme adossé souplement à la pierre. Le visage levé vers le soleil, il fumait à gestes lents, les yeux fermés. Je fis attention à ce qu'il ne me voie pas l'étudier, mais il se décolla d'un coup et vint vers moi, pour m'offrir une cigarette. Non merci, je ne fumais pas. Ça va mieux ? demanda-t-il. Je vous vois pleurer depuis une demi-heure, je suis venu voir si je pouvais vous aider. Sa voix aérienne, sa chevelure ramenée sur le front, ses sourcils doux, d'un noir léger, me plurent tant qu'avec avidité je lui posai des questions. Il s'appelait Malo, habitait Paris, ses parents possédaient un mas en Camargue, où ils venaient chaque été. Puis, à son tour, il me demanda ce qui m'agitait tant, et comme je me racontais avec fièvre, il m'écouta sereinement, soulignant mes propos d'expressions fugaces. Il me sembla qu'il aurait pu tout comprendre, que je pourrais tout lui dire, qu'il ne jugerait rien.

— Mais qui se préoccupe de la conscience des animaux ? argumentai-je, nous tournons le dos à leur douleur, dont on ne veut plus entendre parler. Je n'aime pas ce plaisir, je n'aime ni le pouvoir ni la cruauté ni ce raffinement. Je pleure parce que le monde est laid, et même si ces phrases me paraissent ridicules, je ne sais pas quoi faire avec elles, pleurer ne sert à rien, qu'est-ce que j'y peux ?

— Tomber amoureux, dit Malo.

Mon cœur pulsait. Comme jamais auparavant je m'étais révélée, et je comprenais par son écoute sans jugement que tout ce qui n'était pas radicalement libre dans sa pensée, son discours et ses actes, serait consumé. Et, si je jouais le jeu, brûler ce qui était faux, alors un nouveau moi surgirait, un moi entièrement vrai. Et là je ressentis une sorte de soif intense : il me fallait désormais être près de lui, et rien d'autre. Le temps m'échappait. Bientôt il faudrait suivre les autres, bavarder de riens.

Cependant, il prit le temps de faire la conversation, dans l'ironie tendre de sa voix suave. Lui-même refusait d'aller à la corrida, bien que son père fût auteur d'une étude sur la tauromachie, cette hystérie du pouvoir, dit-il avec une moquerie tranquille. Il aimait jouer du piano, écrire, lire. Je parie que vous lisez beaucoup. Un grand blanc se fit dans ma mémoire. Qu'avais-je lu ? Je ne savais plus. Ce n'est pas grave, tiens, voilà Léna et Justin !

Quelle surprise ! Malo Saint-Levant était venu attendre Justin pour les emmener au mas. Ses parents, qui nous avaient offert les billets, nous attendaient pour la soirée. Il irait à vélo, nous le suivrions en voiture. Étions-nous d'accord ? Tout le monde s'enthousiasma. Moi, je bredouillai n'importe quoi.

Dans la voiture, Léna posa la question, tout de même. Mais vous vous connaissez ? Quel hasard alors, que le monde est petit ! Et là elle rit et commenta avec son accent de chez nous. Comme il ne l'avait pas, ce ton, Malo, comme j'aurais voulu écouter sa voix étale, soyeuse ! Je n'avais pas fait attention à la mienne pendant que je parlais, et j'en conçus une grande honte. Peut-être avait-elle eu ces pointes débridées, à la manière de Léna. Malo parlait avec facilité, il ne donnait pas l'impression d'avoir choisi des mots qui se déroulaient, pourtant, dans une ligne simple ordonnée par une intelligence limpide.

À l'approche de la bastide se dessina un chemin de terre bordé de roseaux, l'odeur d'eau salée se fit plus forte, le soir se teinta de bleu, et moi j'étais d'une félicité impeccable.

2

C'était une bastide claire auréolée de grands pins noirs, au milieu des marécages. Dans cet intérieur peint de chaux blanche, les étagères de livres, les plantes, les fauteuils de cuir rythmaient ces larges pièces au sol en terre cuite sur lequel la famille de Malo marchait pieds nus. De lui je voulus tout connaître : leur relation, ses goûts, ses manies, son intimité.

Quelqu'un avait dû jouer du piano récemment : sur le pupitre, des partitions voletaient aux courants d'air. Je m'approchai pour lire le titre du vinyle qui tournait, un titre qui me parut merveilleux : *Dans l'authenticité* de Kanté Manfila et Salif Keita. Leurs notes grêles semblaient porter çà et là les senteurs légères de plantes.

Les parents accueillirent Justin et sa fille avec la joie de ceux qui se connaissent depuis longtemps. Suzanna, Italienne de Rome, portait une grande robe brune, de larges bracelets. C'est elle qui avait peint ces vastes toiles qui couvraient les murs. Le père nous installa sur la terrasse et nous proposa à boire. Il avait, comme son fils, l'aisance des familles instruites. Que préférait-on ? Un vin blanc produit par des amis, un lapsang ? Suzanna apporta une grande cruche en céramique dans laquelle flottait un citron coupé en deux. J'étais impressionnée par les titres que j'avais vus dans la bibliothèque à mon arrivée. Plusieurs étaient signés de Philippe, lui qui s'occupait aimablement de chacun d'entre nous, y compris de sa femme.

Malo s'assit face à moi. Pendant que les adultes conversaient, se rappelaient les jours anciens – j'appris qu'ils se connaissaient depuis la fac de lettres –, Léna et Mickaël bavardaient à voix basse en se touchant le front. Moi je restais droite, ne perdant pas un mot, je sentais le regard de Malo qui me soutenait, je vivais.

À la rentrée, il intégrerait le cours d'histoire à la Sorbonne, citait des théâtres, des revues de cinéma, des mouvements littéraires dont je n'avais aucune idée. Il avait donc apprivoisé cette ville incontrôlable. Ses parents se tournèrent vers moi et me firent parler. Ils voulurent savoir ce que je ferais après le lycée, la ville que je choisirais pour mes études, le Sud ou Paris ? Je dis que j'avais peur de Paris, mais ils en rirent. Rien n'est difficile pour une jeune fille intelligente comme toi, s'exclama Suzanna. Je pensai qu'elle avait tort, mais ne rétorquai rien.

Dans mes souvenirs, cette soirée reste immaculée. Je me demande parfois si je ne les ai pas reconstruits et oblitéré la banalité des choses, le vide ennuyeux entre deux événements. La beauté du cadre était cinématographique : le rectangle blanc de la bastide dans la nuit sous les hauts pins noirs, les fleurs jaunes derrière nous, la pénombre d'où naissaient des bruits nocturnes, grillons, oiseaux, grenouilles, et le frémissement des aiguilles de pin sous le vent.

3

Après cette soirée, ma mère ne manifesta aucune curiosité, ce qui m'arrangea bien. J'avais pris la décision de n'en parler à personne. Je commençai à faire revivre cet instant, avec une telle obsession qu'au bout de trois semaines j'avais épuisé tous les détails dont je me souvenais. Je n'étais plus certaine de la réalité, de toute façon. Avait-il dit cela ou autre chose ? Quelles allusions étaient réelles ? Au bord du sommeil, je tentais de retrouver le son de sa voix.

Je n'avais aucune idée de ce qu'il vivait, puisque Malo ne m'appelait toujours pas. Quant à moi, bien que j'aie son numéro inscrit sur un papier qu'il m'avait glissé en cachette, une paralysie m'empêchait de le faire. Je décrochais le combiné, et je me voyais, ridicule, le regard plein d'adoration. Un regard de merlan frit, aurait dit ma mère.

J'avais besoin d'en parler et proposai à Léna une sortie dans les vignes. Chargée de ce fardeau d'amour, je pris une bouteille de vin rouge et nous marchâmes le long des fenouils, vers un bout de terre sans cailloux. Elle but en premier, longuement. Nous ne disions rien.

— Alors, vous allez vous revoir ou pas ?

— Je ne sais pas. Est-ce qu'il pense seulement à moi ?

Léna tira sur sa cigarette, le visage vers les étoiles. Elle savait se faire désirable. Comme elle était mûre ! Elle devait les rendre fous.

— J'ai fait l'amour.

L'amour ! La nouvelle me rendit complètement sourde. Elle pourrait me décrire comment était le sexe d'un homme, et ce que l'on ressentait quand il était en soi. Elle n'avait plus besoin d'avoir peur, à présent. Elle avait peut-être eu mal, mais elle savait, désormais. Comme je ne la regardais plus, elle me dit avec une pointe de joie méchante : Et toi, qu'est-ce que tu attends ? Ce n'est pas compliqué de baiser. Est-ce que tu es toujours aussi passive pour tout ?

Puis elle se leva brusquement, but une rasade et lança qu'elle rentrait chez elle, emportant la bouteille. Je me tus et restai seule dans la nuit.

Cette remarque sur ma prétendue passivité me déprima. En quoi étais-je plus passive qu'une autre ? Dans quelles circonstances ? J'aurais voulu recevoir des explications logiques, documentées, mais aussi être capable d'un éclat, démontrer qu'elle se trompait totalement, et qu'elle en ait honte. Elle aurait reconnu que j'étais, en vérité, très volontaire. Je devinais aussi que ce n'était pas ma détermination qui était mise en cause mais mon courage. De fait, je me répétais que j'étais lâche. Je n'y croyais pas, pourtant, rien n'évoluait. Je ne savais pas comment agir, sans trouver comment changer.

Pendant quelques jours, j'errai d'une pièce à l'autre, les jambes lourdes et le teint gris. Je ne sais combien de temps je restai debout devant cette fenêtre, à ne rien regarder de particulier. Je ne voulais pas être une femme passive. Mais par où commencer ? J'aurais voulu tout savoir d'instinct, pour que le premier me félicite, soit surpris de mes talents. Je voulais faire et réussir, et il faudrait bien sauter le pas un jour, mais en dehors de Malo, cela me paraissait impossible.

Par ailleurs, cela m'aurait vexée d'être une de ces bûches passives dont les garçons se moquaient. Je les avais entendus parler entre eux, ils ricanaient en levant les yeux au ciel à propos de ces filles qui dans le lit font l'étoile de mer. Et même si je détestais l'égoïsme monstrueux d'Àvia, secrètement je jubilais qu'elle ne se soit laissé dominer par personne, surtout pas par les hommes et encore moins par sa fille. Un jour, décidée à obtenir des informations, j'écrivis au courrier des lecteurs du magazine *20 ans*. Ma lettre, sur une feuille d'écolier, demandait comment se comporter avec les hommes qui insistaient trop. La réponse du journaliste parisien commençait ainsi : Tu veux savoir comment faire rentrer les langues et remonter les braguettes… J'ignorai mon dégoût devant les termes crus, et notai la méthode dans un coin de ma tête. Plus tard, je pris un papier blanc et décidai cette fois-ci de parler de sentiments. J'écrivis d'un trait une lettre à Malo, misant sur le pouvoir de la spontanéité, pour le convaincre que j'étais celle qu'il voulait, comme malgré moi.

4

En août, ma mère me demanda si cela me tentait d'aller au théâtre. Le théâtre ! Nous ne faisions pas partie de ceux qui arpentent leurs galeries, nous étions des femmes qui allaient aux vignes de la boue collée aux chaussures. Elle était entrée dans ma chambre, vive, irradiant d'un fluide nouveau. Bien disposée à lui faire plaisir, je me préparai du mieux que je pus. Devant mon miroir, alors que je tirais sur les coutures pour ajuster ma robe étroite, je vis sa maigre silhouette se superposer à la mienne. À dix-sept ans, j'étais plus grosse que ma mère qui en avait cinquante.

C'est une femme inconnue qui se présenta, une fois prête, dans l'encadrement de ma porte. Elle finissait de tresser ses cheveux, ses yeux fardés de bleu, son cou cerclé de corail. On voyait ses mollets, ses bras nus. Tu es très belle, maman, dis-je avec ferveur. Merci, me répondit-elle avec indifférence, toi aussi.

C'était une représentation en plein air, dans les terres chauffées à blanc qui entouraient Maury, un village de vignerons loin de la mer. Le soir, les roches des collines rougeoyaient sous les cades, les cyprès, tout un maquis spartiate grandi à la dure. Sur la grand-place, on avait installé une estrade, le décor. Ma mère, d'une humeur de fête, choisit deux places et partit chercher du vin. Le public s'installait peu à peu, les familiers s'interpellaient, pleins de rires, on partageait du vin d'un rang à l'autre.

La scène m'emplit de curiosité. Quels mystères seraient révélés, sur ce rectangle clair où tout devenait possible ? Tout à coup, déboula un comédien, qui répondait à un autre, demeuré invisible. Le personnage était échauffé ; il venait de se passer quelque chose d'irritant. L'autre, sur le point d'arriver, nous surprit en sautant sur les planches depuis les premiers rangs où il s'était glissé dans l'obscurité. C'était donc permis ? Comme cela m'enchantait : cette liberté de gestes, de choix, ces possibilités ; la vie était donc grande et formidable. Et ma mère, était-elle séduite, elle aussi ? Pendant le premier acte, je me tournai vers elle. Au fur et à mesure que l'action progressait, elle semblait se régénérer de cette vie que je croyais perdue. Sur ses traits devenus beaux se reflétaient les scènes, qui bondissaient d'une surprise à l'autre, tenues par des comédiens sûrs de leur jeu. Leurs faces luisaient de gourmandise pour la prochaine réplique ; leurs corps s'arquaient, se brisaient, jaillissaient après un coup du sort ; ils n'avaient plus de poids, ces hommes cinquantenaires ; ils avaient le don du djinn qui les rendait immatériels, fulgurants. Plus que sagaces, omniscients.

Au dernier mot de la pièce, on éclata. On en voulait encore, les ramener là, sur-le-champ. Ils firent des grâces, ils redevinrent mortels. Mais ensuite, parmi les spectateurs qui se dispersaient, l'ébullition de l'enthousiasme continua. On devrait aller au théâtre plus souvent. Qu'est-ce que c'était bien, si on avait du temps, on s'y mettrait. D'anciens amis voulaient renouer avec le théâtre de rue. J'entendis pour la première fois deux mots qui m'intéressèrent : conscience collective. Je découvris aussi que le monde n'était pas né avec moi, et ma mère, que j'avais imaginée jeune en tons de gris, dans une tenue anachronique, parlait à présent avec animation aux comédiens qui l'entouraient. Ils se connaissaient ! Elle riait en renversant la tête, montrait les dents, utilisait ses mains pour parcourir son visage, comme si subitement il existait. Elle touchait les épaules de ces hommes et ne retenait rien de ce qu'on lui disait.

D'une voix de gorge gênante, elle fit les présentations : Paolo, Romero, Tiago. Trois étudiants d'Italie qui à la fin des années soixante avaient passé la frontière française, et avaient milité pour réhabiliter Goldoni. Ils s'intéressèrent à moi. J'étais un joli brin d'avril, on nous aurait prises pour des sœurs. Est-ce que, comme ma mère, j'avais fréquenté la scène ? Je découvris que ma mère avait fait du théâtre. Elle eut un rire gêné, elle répondit rapidement à ma place. Je n'en avais pas fait, non, mais j'aimais lire, selon elle. Ah, bravo, quels auteurs ? En me prenant la taille, Romero déclara que si Goldoni avait eu l'heur de me plaire, il faudrait essayer dès demain, à quoi je répondis que je n'avais encore rien exprimé, ce qui les fit rire, mais tout s'enchaîna, le bras autoritaire de Romero sur mes hanches, le regard parfaitement lucide de ma mère qui se détourna pour empoigner le coude de Paolo, la marche de la troupe qui se dirigea vers une table où était servi leur repas.

Si le public s'était serré sur les longues tables de bois – quelques-uns s'asseyaient sur l'herbe sèche, dans la circonférence obscure de la place –, les comédiens eurent droit à une table pour eux seuls. Immédiatement, ils parlèrent d'eux-mêmes. Dans la lumière de satin des lumignons, sur leurs visages biseautés d'ombres se découpaient leurs rires brusques, agrandis par le fard de leurs bouches rougies.

Ils se lancèrent à l'assaut des secrets de leur corporation. Vie privée de leurs confrères et consœurs, délires d'acteurs, incartades sexuelles, tout le métier était étalé comme un grand drap blanc à la fenêtre d'un boulevard. Ils parlèrent de la propension à se détruire quand on est artiste, de la velléité des ambitions, de la vanité des hommes, et s'excitaient de leurs propres performances, ce qui réussissait à ma mère, pour qui on multipliait les attentions. Un être surnaturel semblait s'être coulé en elle, qui remplaçait et rendait l'ancienne Angélique translucide. Elle irradiait, riait de tout son être, son parfum se répandait en ondes sombres, concentriques, salées. Je tentai de l'imaginer du temps de sa liberté, avant la séquestration par sa propre mère : déjà elle devait diriger les conversations, agiter une main pour dompter les paroles. Ses tresses devaient alors être fournies, sa taille fine, elle avait dû enchanter des soirées que je ne voulais pas imaginer.

Maman, quand est-ce qu'on rentre ?

Mais une main humide s'abattit sur mon genou nu, d'un geste gluant qui prétendait être doux.

La jeune fille du Sud voudrait-elle s'échapper un peu ? chuchota Romero à mon oreille, et la main grimpa plus haut. Son regard ne demandait pas la permission : il escomptait que je dise « d'accord », ou plutôt que je me lève et le suive. Je restai saisie. Maintenant je saurais repérer cette sensation furtive, celle du danger, de la répugnance et de l'alarme. Brusquement, je pris ma fourchette et la levai : Si vous recommencez je vous la plante dessus. Il barbouilla quelques mots, retira vivement sa main. Je me sentis oppressée, dans un soudain besoin de pleurer. Heureusement, ma mère pensa à quelque chose qui la dégrisa. Nous devions rentrer, dit-elle en se levant, puis elle salua sans trop de cérémonie et je la suivis en silence.

5

Chère Catalina, te rappelles-tu de moi ?

J'aimerais te revoir. Depuis cette nuit à Maury, je pense à toi. Je revois ta robe bleue, tes jambes fines, ta peau dorée. J'aurais aimé que tu m'accordes un baiser, ou pourquoi pas des caresses plus intimes que le temps ne nous a pas laissé avoir. Je sais, je suis un homme d'âge mûr, mais j'ai le cœur jeune. Que dirais-tu de se revoir quand je descendrai dans le Sud ? Si tu viens à Paris, préviens-moi. Pense à moi quelquefois, cela me ferait plaisir, car moi je pense à toi, ma chère petite jeune fille si charmante.

Romero

La lettre de Malo que j'avais espérée n'était jamais arrivée. Celle de Romero me dégoûta. J'aurais préféré ne jamais recevoir ces mots, que je ne pouvais oublier : cet homme s'incrustait dans mes pensées avec ses fixations qu'il m'avait fait lire, son nez dans mes cheveux, sa main sur ma cuisse, les caresses intimes que dans son arrogance il supposait que je lui donnerais. Le ton impératif de la dernière phrase provoqua une rage solide. J'aurais voulu cavaler à Paris et lui arracher mon souvenir de force, lui faire bouffer sa lettre. Mais cela n'est pas possible quand on habite à mille kilomètres au sud, quand on a dix-sept ans.

Je traînais en rond. Je ne sais même plus ce que je fis pendant ces semaines d'août. Je devais lire, probablement. M'atteler aux travaux du mas, subir la chaleur, fouiller des pieds la poussière. Quel porc ce Romero ! Ma mère ne parla plus jamais de la soirée, ce fut un soulagement. Le jour où je m'insupportai à regarder encore par la fenêtre, je descendis trouver Léna, la lettre à la main.

Je lui montrai le papier, qu'elle lut lentement, puis me le tendit sitôt qu'elle eut fini, et se remit à triturer ses orteils.

— C'est quoi ce mec ? demanda-t-elle avec une jalousie dégoûtée.

— C'est un type qui connaissait ma mère du temps où ils étaient étudiants. Il m'a draguée le soir où on est allées au spectacle. C'est lui qui m'a mis la main sur la cuisse.

— Ça ne t'a pas donné envie de baiser ?

— Non ! il était trop moche. Et puis il était vieux !

— Parfois ça ne gêne pas. Moi je m'en suis fait un la dernière fois. Il était bon au lit. J'ai joui plusieurs fois.

La phrase me déplut et ce n'était pas du tout ce que je souhaitais entendre. Je profitai du sujet des hommes pour orienter la discussion sur Malo, mais elle ne montra aucune générosité. Elle m'apprit que Suzanna leur avait téléphoné pour les remercier il y avait de cela déjà trois semaines, qu'elle n'avait absolument pas parlé de moi mais qu'en revanche Malo avait retrouvé une ancienne amie à lui, étudiante en histoire, avec qui il avait entamé une romance. Elle était blonde et s'appelait Eulalie, ce qui me parut d'une beauté insupportable. J'imaginais très bien Malo rêver et écrire des chansons sur ce prénom qui évoquait une fleur diaphane, gracile, celui d'une blonde qui parlerait un français diamantin, devisant sur tout ce qui plaisait à Malo, le cinéma, l'histoire et la littérature.

Eulalie Saint-Levant, le nom était magnifique et sûrement il l'épouserait dans quelques années, s'il n'était pas aussi volage que ce que je commençais à croire. Je détestai d'un coup tous les hommes de dix-huit ans. Mais Léna continuait à expliquer que son père avait adoré se remémorer ses années d'étudiant, quand les Saint-Levant et lui avaient mené des manifestations communistes au temps de la révolte, que ça l'avait repris de se plonger dans des livres de gauche, et qu'elle était fière d'avoir un père pareil. Ensuite elle se mit à parler en termes acides de Philippe et Suzanna, qui avaient changé depuis que le père de Malo – elle citait Malo avec une indifférence feinte pour mes sentiments, que je dissimulais – menait une carrière littéraire, qui les poussait tout droit vers une vie bourgeoise qui trahissait leurs idéaux de jeunesse. Il fallait voir l'appartement qu'ils s'étaient payé à Odéon avec l'héritage des parents aristocrates de Suzanna, la bonne à domicile, le studio de Malo tous frais payés, son budget restaurants alors qu'il commençait à peine ses études.

Puis elle se lança dans un discours plaintif sur Perpignan, elle était *saoulée* de cette ville au cul de la France, de ce mas, de cette vie de merde qu'elle devait se taper, il n'y avait que des péquenauds qui ne connaissaient rien à la vie, elle s'emmerdait grave. Si, elle aimait baiser, mais c'était dur de trouver des mecs potables. Enfin, elle revint sur Malo pour l'estocade finale, il se prenait pour son père, à écrire des phrases compliquées – où les avait-elle lues ? Je m'empêchai de le lui demander –, et comme tous les mecs, il avait voulu me baiser, et comme je n'avais pas été assez rapide, il était passé à une autre qui était mieux. Oui, elle me le dit ainsi sans vouloir me narguer, en enviant elle-même la blonde Eulalie qui déployait son corps de nymphe à Paris alors que nous étions deux gros boudins attifées de fringues tachées de vin, stationnées ici dans le Sud. C'est ce que je comprenais à travers ses phrases qui se retournaient contre elle au fur et à mesure qu'elle déblatérait sur les mecs de Paris, les filles de Paris, les mecs d'ici, elle-même et les pétasses qu'elle n'aimait pas et qui se la pétaient avec leurs études de merde.

Son discours me fit mal, mais je n'écoutais plus, car j'avais buté sur une phrase. Il avait alors été évident pour tout le monde que je plaisais à Malo, et à ce moment-là les parents s'étaient faits complices du coup de cœur de leur fils : ils m'avaient encensée et mise en valeur en me faisant parler. Or, je découvrais que Suzanna protégeait Malo et qu'elle ne montrait aucune solidarité de femmes. Elle soutenait le butinage de son fils, elle devait même estimer que c'était un signe de bonne santé, la marque d'un gagnant.

L'été dans son entier me parut une période nauséeuse, un temps de trahisons et de dégoûts. Je me promis de tout laver avec les études. Je m'y consacrerais entièrement, je ne ferais qu'étudier et dormir, je mangerais à peine, je ferais des marches vivifiantes et je ne parlerais à personne, y compris à ma mère. Je pris la résolution de mettre la sexualité de côté, de ne plus m'y intéresser et de me réveiller quand j'en aurais envie, après les études, quand se présenterait un homme qui ne me décevrait pas.

6

Je reçus enfin les documents d'inscription de la faculté de Perpignan. Ma mère s'intéressa au nom de mes professeurs et aux contenus de la première année. Prise d'une complicité subite, elle s'installa à la table de la cuisine et étudia les termes qui annonçaient les cours. En lisant à voix haute le déroulé des matières, une légère animation la gagna : pleine de nostalgie, elle raconta des épisodes de sa vie d'étudiante.

Par ailleurs, elle avait l'air satisfaite que je quitte la compagnie de Léna, dont elle m'avait dit, quelques jours plus tôt, de me méfier parce que c'était une chatte en chaleur. Je n'avais pas réussi à extirper ces mots de ma tête. Et si je faisais l'amour, est-ce que moi aussi je serais une chatte en chaleur, un animal tordu de désir, qui ne se maîtrise plus ?

Quand, ce jour brillant de septembre, je m'avançai vers les bâtiments de l'université, ce fut une longue déception. La poussière des platanes se mêlait aux saletés jetées au sol, les plates-bandes séchaient, abandonnées, on devinait par les fenêtres l'aspect décati des salles de cours. Je pensais à la faculté que j'aurais aimé intégrer : un bâtiment aux cours de pierres ancestrales, des bibliothèques vernies aux livres polis par des mains amoureuses. À la maison, j'avais tenté de vendre l'idée d'aller à Paris, sans d'ailleurs y croire moi-même. Le verdict d'Àvia n'avait pas tardé : Avec quel argent ? Payer un studio hors de prix, les repas, les transports, le téléphone – elle me fit une liste assommante –, bref, me faire vivre sans travailler était hors de question : soit je restais ici et logeais à la maison, soit je me débrouillais sans son aide. Je ne tentai même pas de négocier. De toute façon, depuis quelques mois je ne m'adressais à elle que pour le strict nécessaire. J'attendais sans me l'avouer qu'elle meure, en silence et le plus vite possible.

Ferràn arrivait les mains dans les poches – le procès fini, il n'écopait de rien –, pour s'enfermer avec elle des après-midi entiers, pendant lesquels ma mère soupçonnait qu'ils complotaient. Je ne lui avais rien dit des confidences de Léna. Quelque chose me retenait.

III

1

J'aimais travailler. Je trouvai mon rythme d'étudiante, réglai le réveil une fois pour toutes à six heures et demie. J'écrivais consciencieusement le plus possible, et remettais mes notes en ordre le soir même.

Deux personnes me plurent : Karima et Charles, qui se connaissaient depuis le lycée. Je les avais repérés comme les fortes têtes qui prenaient volontiers la parole, et ce furent les premiers qui me proposèrent de boire un café ensemble. Grâce à ces rendez-vous, je découvris des endroits de la ville que je ne connaissais pas, cachés dans des arrière-cours où je n'avais jamais osé pénétrer. Ils m'invitèrent aussi le soir, dans des bars.

Ce furent les premières nuits où j'arpentai ma ville. Pour cela je dus convaincre ma mère qui se montra méfiante et je m'y repris à plusieurs fois, avec un déploiement d'arguments : Charles me ramènerait en voiture, je ne parlerais pas à des hommes dans la rue, je ne prendrais pas de drogues, non, je ne boirais pas inconsidérément. Cela me stupéfia : est-ce qu'elle m'avait seulement observée pendant toutes ces années ? M'imaginait-elle ivre morte ? Ne voyait-elle pas, au contraire, combien ma poltronnerie m'insupportait ?

Les rues du centre-ville se resserraient vers deux pôles d'attraction : le quai Vauban et la place de la République, d'où partaient la rue Voltaire puis la rue Paratilla. Le Bar de la Marée proposait du blanc et des crustacés. C'est là qu'un samedi de novembre j'aperçus Victoire, Alexandra et Déborah attablées devant les étals farcis de produits en saumure, d'épices et de fruits confits, de savons, d'huiles et de miels, une abondance qui attirait les passants.

Victoire, devenue blonde, portait velours et alpaga. Déborah et Alexandra avaient elles aussi éclairci leurs cheveux, épilé leurs sourcils jusqu'à les réduire à une ligne. Le résultat ne me paraissait pas très heureux. Comme Victoire me demandait si je regrettais le temps du lycée, je feignis la nostalgie, ramenai à leur vie des détails que j'avais enterrés, parlai avec une animation que je n'éprouvais pas. Mais, à part moi, j'espérais qu'elles entendraient ma fausseté et seraient découragées de me réinviter une prochaine fois.

Victoire me félicita d'avoir choisi lettres, puisqu'elle s'ennuyait dans ses études de commerce. Elle ne rêvait que d'équitation. Elle nous raconta tout sur les chevaux, le haras, les concours et les bêtes. Pour choisir le deuxième verre, je discutai avec le patron sur le cépage et l'année, et la robe du vin. Elles s'exclamèrent : Comme tu t'y connais ! Elles me demandèrent d'étudier la carte et de choisir pour elles.

En nous séparant, elles promirent qu'on se reverrait bientôt. Je n'y tenais pas, mais je n'en montrai rien.

Le samedi suivant, Karima et moi étions assises place de la République, avec sur la table livres et boissons chaudes – malgré le soleil, le vent venait du nord et restait froid –, quand Victoire m'aperçut et me salua. Rapidement, je demandai à Karima si elle voyait un inconvénient à rencontrer une de mes anciennes connaissances. D'un sourire poli, Karima accepta. Lorsqu'elle débarqua, décorée comme une vitrine, Victoire me fit honte : c'était l'ancien monde qui venait parader devant le nouveau, celui de Karima, absorbée dans sa lecture de Guy Debord et *La Société du spectacle*. Je la sentis qui se tendait.

Karima fut saluée rapidement et répondit avec un sourire réservé, mais de toute façon Victoire se tourna vers moi et débita l'histoire d'une non-aventure avec un certain Laurent. Ses détails fétichistes sur sa vie, sa passion pour son propre sort m'assommaient. Elle tripotait ses créoles, mordait ses lèvres roses. Du coin de l'œil, je percevais le mépris de Karima qui l'étudiait. Elle ne dit pas un mot jusqu'à ce que Charles, qui devait nous rejoindre, arrive, nous salue, s'asseye et dans le même mouvement se mette à commenter le situationnisme de Debord. Enrobé dans son manteau trop large, le front couvert de mèches collées par la sueur, obsédé par sa propre machine cérébrale, Charles se subjuguait lui-même. Alors qu'il reprenait son souffle pour une longue phrase, Karima l'interrompit tout de suite :

— Charles, tu radotes.

Victoire saisit l'occasion et s'écria que c'était passionnant, et ce faisant, se cambra en recroisant les jambes. Karima me glissa un sourire oblique. Victoire se raconta : ce qui l'ennuyait en classe, sa passion pour les chevaux, pourquoi elle adorait les vacances, dix minutes de présentation pendant lesquelles elle omit de parler de Laurent.

— Et Laurent, c'est cela ? Le gars qui te plaît, il est dans ta classe ? reprit Karima.

Victoire lui retourna un regard hostile.

— À mon avis, il y a des hommes bien plus intéressants que Laurent à rencontrer. Des étudiants en lettres, par exemple.

Charles, sous nos yeux, s'illumina. Pour prendre sa bière, grandi, il se rapprocha brusquement de la table, passa la main dans ses cheveux. Le temps du monologue était terminé. Où habitait-elle ? Quel âge avait-elle ? Avait-elle un copain ? Préférait-elle Balzac ou Hugo ? À cette dernière question, Victoire se renversa dans un rire qui me causa une aversion immédiate, un rire qui semblait dire : qu'est-ce qu'on s'en fout de ces vieilles tartes, ce n'est pas ça qui m'intéresse !

Charles en resta coi. Il replaça encore ses cheveux, se leva pour commander d'autres boissons. Une fois parti, Karima se tourna vers Victoire :

— Il te plaît, je dirais.

— J'aime bien les intellos. J'ai pas le droit ?

— Fais-toi plaisir, ma grande, répondit Karima la bouche pleine d'un venin froid.

Charles de retour, elle se lança dans une discussion passionnée avec lui, sans autre but que de l'accaparer et démontrer à Victoire qu'elle ne faisait pas partie de notre monde, qu'elle n'y était pas la bienvenue. Il s'agissait de lui faire comprendre qu'elle était bête et trop sexuelle. Pour moi c'était mitigé : j'enviais aussi sa puissance à s'imposer et à tout écraser. Karima tenait Charles, l'empêchait de se disperser : et Flaubert, qu'en pensait-il ? Car je crois, disait-elle, que la concision chez Flaubert surpasse sa compassion. Qu'en penses-tu, Charles ? Et toi, Catalina ?

Et pour une fois, parce que nous parlions de livres, je pris la parole :

— Je ne sais pas, hasardai-je lentement, l'absence de la voix féminine découle d'une responsabilité individuelle et collective des hommes écrivains. On la plaçait avec commodité dans un cadre qui la contraignait à se mouvoir, par petits mouvements, dans des espaces clos, une pensée réduite et des réactions attendues ; si une femme avait alors été libre de s'exprimer sur les mêmes sujets, qu'aurait-elle écrit ?

Puis je me tus, car cette idée me rendait muette. Mais Karima m'encouragea d'un regard brillant, et je continuai : Il me semble que Flaubert a eu de l'empathie pour la féminité de Madame Bovary, même s'il la caractérise par une succession de faiblesses. Évidemment, il n'a pas inventé le piège social dans lequel il l'enferme, et il le décrit. J'aime Maupassant : il est presque un médium de la psyché féminine...

Seulement Charles tournait la tête vers un autre groupe situé plus loin et n'écoutait plus, comme souvent quand on parlait des femmes du point de vue des femmes. Victoire avait aperçu des amis et les avait rejoints. Il répondit évasivement, et Karima l'ignora tout à fait.

Elle s'adressait maintenant à moi, avec plus de vigueur et de passion. Cela lui semblait curieux que les écrivains des siècles passés n'aient pas eu le courage de porter la voix féminine dans leurs travaux. On rapportait bien des trophées prestigieux de terres inconnues. Curieux aussi qu'ils aient, malgré leur intelligence, exploré tous les sujets sauf le « je » des femmes. Ça, disait-elle en tirant sur sa cigarette, ça me surprend incroyablement. Est-ce que ce n'est pas une peur viscérale du féminin ?

Et elle continua, ayant oublié ou le feignant à la perfection l'intérêt de Charles pour la table où s'était assise Victoire. N'y tenant plus, il s'éclipsa. Quand il fut hors de portée de nos voix, Karima, fulminante, démolit Victoire. Mais quelle cruche, un modèle de compétition.

Nous rîmes de l'échange sur la passion d'Emma Bovary pour les princes et les chevaux, ce qui avait fait bondir Victoire : « J'adore les étalons, moi aussi je suis trop Emma Bovary ! » Elle s'était épanchée sur Sultan et Satin, ses chevaux adorés, mais Karima, sans pitié, lui avait coupé la parole. Bien que riant avec elle, je culpabilisais de mon plaisir à *saquer* Victoire. J'aurais aimé me trouver plus noble. Et puis, si nous la condamnions parce qu'elle était démonstrativement sexuelle, est-ce que nous ne censurions pas notre propre liberté de choix ?

Karima s'étonna que ce fût mon amie. Alarmée, je m'ingéniai à lui démontrer que cette personne faisait partie de celles que je souhaitais oublier. Je lui dis que je détestais mes années d'enfance et d'adolescence et que pour rien au monde je ne reviendrais en arrière.

Puis Karima redevint sérieuse et me demanda : Pourquoi renier son passé ? Il n'y avait pas de bons souvenirs à garder ? C'est avec les gens qu'on connaissait bien qu'on pouvait construire, par-dessus les failles. Mon regard la dissuada d'insister. Pas le plus petit espoir de faire la paix avec tes monstres d'enfance ? insista-t-elle. Encore que, continua-t-elle pour elle-même, il y a des retrouvailles qu'on préférerait solder par un meurtre.

Un meurtre propre et chirurgical, conclut-elle en se levant. La nuit commençait à s'épaissir en un bleu pur nettoyé par le vent. L'alcool ne nous réchauffait plus assez, il fallait rentrer. Au moment de lui dire au revoir, j'embrassai avec force, au hasard, sa joue sous la masse de cheveux spectaculairement noirs. Elle était belle et me plaisait. Elle était intelligente. Il me semblait que se dessinait enfin une voie vers une terre lointaine et désirable.

2

Je regardai la silhouette de Karima se perdre dans la rue Voltaire, puis me rassis. J'avais saisi quelque chose au vol : une familiarité douce et incertaine avec ma ville, l'écho des rues, sa rumeur familière, celle qui bruissait depuis l'enfance. Or, j'avais d'abord appris à abhorrer cette ville. Tour à tour, son nom me semblait fantastiquement ridicule, cocasse, les sonorités mêmes, *Perpignan*, nasillardes et puériles. On ne pouvait pas prendre un « perpignan » au sérieux.

Chacun voulait partir pour Toulouse, Montpellier, ou carrément la grande Paris. Nous étions agricoles, campagnards et dépeuplés. L'université était minuscule, la seule salle de théâtre pratiquement fermée, les artistes obtenaient des budgets dérisoires. Notre accent devenait ridicule quand nous tentions d'être emphatiques ; pour créer notre légende nous n'étions pas crédibles. Imaginait-on un discours qui lève les foules avec cet accent-là ? Ici, on venait se délasser. C'était à ça que nous servions, et à fournir de l'ail, des cerises et du pittoresque aux imaginaires du Nord.

Entre semblables et dans l'intimité, nous aimions chanter

en parlant. Nous ne le savions pas, mais nous chantions. Nous hululions de plus belle quand nous étions passionnés. Mais ailleurs, ce chant provoquait le rire, l'attendrissement ou la condescendance.

Lorsque Karima, égérie de chez nous, se fut évanouie dans la rue, enveloppée dans le manteau indigo qu'elle portait en ce jour de décembre, laissant derrière elle l'impression délicieuse de sa perspicacité, je restai sur la terrasse pour observer ma ville avec un sentiment nouveau. Elle y était bien, elle, à Perpignan, elle y fleurissait. « Il n'est pas besoin de bouger dehors pour grandir dedans », m'avait dit Karima un jour où je me plaignais de son exiguïté.

L'enceinte étroite courant du palais des Rois de Majorque jusqu'au Castillet, les nouveaux quartiers sur les berges, les maisons dévisagées par le désintérêt des habitants, les bouts de terrains vagues aux herbes folles, tout me faisait suffoquer. Il me fallait de l'air, du grand, du brassage. Je rêvais d'un ailleurs qui me stimule. Mais tu idéalises Paris, déclarait Karima. Elle mérite qu'on l'idéalise, tu ne crois pas ? Le problème n'est pas qu'elle le mérite plus que Perpinyà, disait-elle en utilisant ironiquement le nom catalan, le problème, c'est ton idéalisation.

Après tout, elle avait une place dans l'histoire méditerranéenne. Des marins en étaient partis, des étrangers y avaient débarqué, quatre religions et cinq langues coexistaient dans nos rues. Nous n'avions pas de Colisée, de Panthéon, d'Acropole et d'Arc de triomphe, mais nous avions des restes de fastes qui sentaient la pierre humide et c'était bien ainsi. La Loge de Mer, le palais des Rois de Majorque, les ferronneries juives du quartier des Dominicains, les gargouilles en marbre rose, des vieilleries qu'on ne remarquait plus puisqu'elles nous appartenaient. Nous n'avions pas la majesté des pins du mont Palatin chantés par les poètes, mais des platanes clairsemés.

C'était une ville qui suintait d'odeurs : le poisson macéré, les rebuts du marché, le jus poisseux des poubelles, les fruits éclatés, la shiba, la coriandre et la menthe, les sauces catalanes et maghrébines, l'ail frit à midi, la bière et le vin le soir. Les murs des quartiers anciens exhalaient un souffle pourri, les termites rognaient les dernières poutres et des maisons s'effondraient dans la nuit. C'était là le sort de toute ville poussée sur elle-même dans le feuilletage des siècles, dans la putréfaction que la chaleur du Sud provoque, par les canaux d'égouts et de catacombes, de cimetières désormais recouverts et de caves suintantes envahies par les rats qui grignotaient au grand jour leur royaume.

D'autres fois cependant, le soleil soulevait des vapeurs désirables, odeurs de café torréfié, vent lointain chargé des senteurs de la mer, essences aromatiques de Méditerranée. Il me semblait que l'avenir y était possible.

3

En quelques mois, Karima prit sur nous un ascendant avec ses phrases qui jaillissaient comme un long ruisseau clair. Sa famille lui disait qu'elle pourrait faire avocate, et en effet, je lui trouvais plus d'acuité et de pertinence que tous nos professeurs. Charles accumulait des connaissances : dates, faits, termes, éléments biographiques ; il pouvait régurgiter une information linéaire sur un sujet précis. Il démarrait par un aspect théorique, Karima ouvrait les perspectives, je hasardais une intuition personnelle. Apprends à formuler tes opinions, assenait Karima, tu dois les assumer. Ose !

— Et tu ferais bien de ranger ta chambre, continua Karima en se tournant vers Charles. Elle est encore sale. Comment veux-tu qu'une femme s'y sente bien ?

— C'est si important ?

— Fais comme tu veux. Si tu trouves une scène d'amour qui se passe dans une porcherie, dis-le-moi, ça m'intéresse.

Charles a beau être malin, me dit Karima lorsque nous fûmes seules, il ne remet pas en question l'ordre acquis de son univers. Il n'interroge pas son héritage : il se contente d'en percevoir les intérêts. Il est pour le partage, l'entraide et l'aide à la classe dominée, mais il ne mène pas sa logique jusqu'au bout. Regarde-le, ce couillon, quand je lui parle comme sa mère. Il théorise toute la journée, mais il est incapable, alors qu'il est adulte, de prendre à son compte le ménage, l'hygiène, tout ce qu'une femme faisait, traditionnellement. Il ne voit pas cette classe sociale des femmes qui abat un travail invisible. Oh oui, il se prétend humaniste ! Mais va-t-il faire sa lessive ? Non. Nettoyer les objets dont il se sert tous les jours ? Non, il ne s'abaissera pas à cela. Il a d'autres choses à faire. Penser, par exemple. Quelqu'un devra bien s'en occuper, mais pas lui. Ce socialiste de mes deux doit se croire au-dessus de ça !

Je ne sais quels mots Karima employa avec lui, mais Charles changea. Du jour au lendemain, son repaire d'étudiant rue Rousseau fut repeint de blanc, le parquet brossé, la cuisine vidée. Une plante verte s'épanouissait devant la fenêtre.

— On sent le nid d'amour, ironisa Karima, qui inspectait les deux pièces. Elle est à la fac ?

Charles, embarrassé, ravala sa réponse.

— Je suis sûre que c'est Victoire ! triompha Karima. Mais elle ne commenta pas.

Ce fut le préambule à une soirée très agréable dans le studio de Charles. Nous avions du poulet rôti et des bouteilles du domaine que j'avais apportées. Son antre était devenu accueillant et grâce à ces changements, nous nous y réunîmes souvent pour y travailler et discuter. Bizarrement, personne ne songea à se rendre chez Karima – qui habitait encore chez ses parents – ou au mas, qui était loin de tout et que je répugnais à montrer.

J'avais du mal à imaginer le lieu où vivait Karima. Elle s'habillait avec sophistication en dépit d'un budget limité, associant la soie, la laine noble, le neuf et l'ancien, avait le génie des détails, foulards, bagues, broches, qui la rendaient inimitable. Ces choses coûtaient trois fois rien, elle dénichait des couleurs rares : jade, bronze, céladon. Son apparence était une façon d'être, déterminée et polie. De mon côté, je n'y arrivais pas. Quelle que soit la pièce achetée, sur moi elle devenait pauvre, terne. L'apparence de Karima affichait une harmonie de laquelle on n'aurait rien pu soustraire sans déséquilibrer l'ensemble.

Un pouvoir dont je m'aperçus lorsque je vis des photographes fascinés capturer son image. Pendant le Festival du photojournalisme, en septembre, les vents s'étaient apaisés, les chaleurs évaporées. Une foule bronzée d'intellectuels débarquait alors, l'appareil photo en bandoulière, les cheveux fous. Ils portaient des pantalons de lin, des vêtements aux couleurs de savane, parlaient vingt langues, occupaient les terrasses. Ils se retrouvaient là, échangeaient dans notre centre immobile des nouvelles du monde exotique, qui paraissait tout à coup très proche. Nous n'étions pas une ville du tiers-monde comme celles qu'ils arpentaient, mais ils admiraient comme c'était délabré chez nous. Ils photographiaient les gitans qui prenaient le frais en famille et leurs gamins dans les piscines gonflables posées sur le trottoir. Ils aimaient rapporter des clichés de linge pendu aux fenêtres, de femmes gitanes en savates, les cheveux jaunis par l'ammoniaque et piqués de fleurs en plastique. Ils capturaient les images des rues dévastées, des façades lépreuses, des ferronneries désagrégées. Ils dédaignaient de photographier le ciel bleu. Parfois, c'était nous les sujets. Ils levaient l'appareil et déclenchaient. Sur la même place où les gitanes se retrouvaient pour manger au milieu de la nuit, nous allions nous rafraîchir en journée, près d'une fontaine ombragée où un lézard de bronze laissait couler de l'eau. Et bien sûr, il y avait un cliché pour Karima, spectaculaire, lèvres rouges, toison noire, robe verte.

Après le festival, une torpeur nous prenait et nous regardions le fond de nos verres. Nous ne voulions pas trahir la ville à haute voix. Si nous avions dit les mots, il n'aurait pas été possible de revenir en arrière, et nous aurions dû la quitter.

Un jour d'octobre, je fus invitée à passer chez Karima. Elle devait récupérer un livre, et sa mère, qui me vit depuis le balcon, m'encouragea à monter avec de grands sourires. Excitée par la curiosité, je sonnai à la porte et elle m'ouvrit, m'embrassa comme si nous nous connaissions depuis longtemps et me fit pénétrer dans un hall moucheté de granito qui donnait sur quatre pièces : cuisine, salle à manger, chambre et salle de bains. Construit dans les années soixante-dix, l'immeuble de trois étages se trouvait derrière la gare, une zone de petites maisons individuelles et d'immeubles bon marché. À l'intérieur, tout était épousseté et rangé minutieusement ; le sol reflétait la lumière latérale des fenêtres. C'était un mélange de meubles vernis, une armoire dans laquelle étaient exposés les porcelaines à dorure, les photos de famille et quelques livres à couverture de faux cuir brun. Karima dormait dans le salon et dépliait le canapé tous les soirs. Sur la table recouverte de toile cirée, qu'ils n'utilisaient que pour recevoir des invités, les cahiers, classeurs et manuels de Karima étaient empilés avec soin. Elle travaillait donc là, au milieu de la vie de famille, sous le regard de ses parents. Cette pensée m'émut.

La cuisine était la vraie pièce à vivre, où les photos de Karima ornaient les étagères. Nous nous serrâmes autour de la table pour boire le thé. Une odeur de soupe au poulet flottait dans l'appartement. J'admirai les rideaux de la cuisine, avec leurs dentelles désuètes en nylon blanc. Je m'aperçus que non seulement j'enviais Karima mais aussi la crypte de sa vie privée. Je reconnaissais le soin maniaque à laisser les choses ordonnées derrière elle, l'ardeur au travail matérialisée par la quantité de notes et polycopiés. D'où tenait-elle son élégance, son sérieux, son aplomb ? À quelle source nourrissait-elle la confiance en ses propres idées ?

Comme elle, sa mère avait des gestes économes. Elle inclinait lentement la théière, laissait couler un filet d'eau chaude, la reposait sans un bruit. Elle possédait la même chevelure abondante ramenée en chignon. Je savais qu'elle travaillait à l'hôpital comme infirmière. Comment se passaient les nuits de garde ? Est-ce qu'elle aimait son métier ? Quels étaient les moments les plus durs ? L'avait-elle appris en Algérie, en France ? Est-ce que ses débuts ici avaient été difficiles ? En quelle année étaient-ils arrivés ?

D'abord, elle rit de bon cœur et me dit que je posais des questions comme un écrivain. L'acclimatation, dit-elle en faisant chanter les voyelles, est un processus qui a besoin de temps. Grâce à Dieu – et elle lança un baiser au ciel –, j'ai trouvé de la force au moment où je pensais ne plus en avoir. Tu sais, je n'ai jamais perdu de vue le plus important. C'était rester unis avec mon mari, permettre à notre fille de faire des études. La langue, c'est ça qui est fondamental. Savoir la langue, c'est préparer la sagesse, c'est être fort, c'est avoir des clefs qui ouvrent toutes les portes. Je suis tellement fière que vous fassiez de bonnes études, mes filles !

Une inquiétude me prit. Qu'adviendrait-il de Karima s'il lui prenait de désobéir à l'idéal de sa mère ? Mais qu'allais-je penser ? La question ne se posait pas. Jamais Karima ne trahirait ce projet, elle, résultat miraculeux du souhait de ses parents, de leurs privations et de leur obstination à transformer leur vie, eux qui lui avaient réservé la plus grande pièce pour travailler.

Pour moi, c'était une autre paire de manches. J'avais une attirance sauvage et désordonnée pour les livres, la langue et les mots, oui, mais les études s'accomplissaient en dépit de l'esprit de famille. J'étais seule dans mon entreprise, sans encouragements ni surveillance. Ma mère et Marie-Josèphe agissaient comme si j'étais un encombrement nécessaire. Le parcours d'Idris et Fatima était exemplaire : ils avaient désobéi, rompu les liens familiaux, vécu l'exil, traversé une mer, ils travaillaient honnêtement, vivaient avec netteté. Je n'étais pas jalouse, mais je regrettais les limitations intellectuelles de Marie-Josèphe, qui avait enfermé sa fille dans un destin étroit.

Mes chéries, je dois partir travailler, annonça Fatima, et ce faisant, elle me serra contre sa poitrine. Je ne sais combien de temps dura l'étreinte mais elle était si ingénue et consolante que quelque chose en moi chavira. Et quand nous dévalâmes l'escalier, laissant derrière nous ordre et propreté, dentelles dorées et odeur de poulet, je n'entendis rien de ce que Karima me disait.

4

Ce n'est que le lendemain que nous apprîmes la nouvelle : Charles était hospitalisé. Rue Paratilla, Karima et moi étions en train de tromper la faim avec des sardines et du rouge, quand son téléphone sonna, et lorsqu'elle décrocha je reconnus la voix de sa mère. Ses yeux s'agrandirent. Charles avait des contusions au visage, il s'était battu, me dit-elle. Fatima l'avait reçu aux urgences le soir même de notre rencontre. Au lieu de suivre les cours à l'université cet après-midi-là, nous lui rendîmes visite. Pendant le trajet en bus, Karima fit mille suppositions. Je sentais que la situation l'excitait.

Dans quoi s'était-il encore fourré ? Ça ne lui ressemblait pas, à ce grand dadais placide. Les hommes sont toujours prêts pour les conneries, siffla-t-elle. Quel idiot, poursuivait-elle à mi-voix, est-ce qu'il ne sait pas que ce genre de chose peut aller très loin ? Mais une fois à l'hôpital, je la vis se détendre, embrasser sa mère puis Charles, affectueusement.

En sortant d'un bar il s'était trouvé pris dans une altercation et, dans la mêlée, avait aligné un coup de poing à un vigile qui l'avait bloqué à terre et lui avait tordu le bras. S'était ensuivi un échange tendu avec un policier. Il avait été sur le point de lui mettre un coup. Il devait comparaître sous quinzaine pour troubles à l'ordre public. Troubles à l'ordre public ? Charles ? En le cuisinant, elle lui fit avouer qu'il avait mis un pain à un gars qui s'était trop approché de Victoire. Karima se montra raide, et sur le trajet du retour s'enferma dans un mutisme désagréable. Charles serait absent à la présentation que nous devions faire ensemble devant le professeur Sidler.

Malgré l'affection qu'elle portait à ses parents, Karima ne leur confia rien de la relation amoureuse qu'elle entretenait avec Tomàs Sidler.

Elle se révélait être une dissimulatrice élégante. Elle ne mentionnait que rarement les détails de sa liaison, et sa mère, supposais-je, devait garder ses questions pour elle. Pourtant, j'imaginais ce quinquagénaire la déposer devant la porte parentale, alors que nous avions le même âge. Vraiment ? Il me sembla tout à coup qu'elle était passée de l'autre côté, du côté des femmes.

Le fait est que Sidler plaisait à plusieurs d'entre nous, les étudiantes. Nous en discutions avec envie, décrivions ses qualités, comme si ç'avait été nous, ses amoureuses. Nous éclusions les versions romantiques de duos avant de nous délecter d'allusions hardies. Nous imaginions ses gestes élégants, la compagnie d'un philosophe à chemise blanche qui aurait anticipé tous nos désirs. Il saurait, lui, nous sauver de nous-mêmes quand nous nous perdions en atermoiements.

Il saurait nous consoler, parler du futur de manière rassurante, devinerait comment notre corps fonctionne et nous n'aurions même pas à le lui expliquer. Derrière sa sévérité nous pensions voir un homme sensuel, le cœur prêt à céder à une passion dangereuse, plein de cette tristesse que nous souhaitions consoler. Chacune pensait être la seule à le comprendre.

Un soir, je vis Karima passer devant la Loge de Mer. Elle paraissait avoir trente ans. Elle retrouvait Sidler qui fumait sous un porche. Il lui glissa quelque chose à l'oreille, le rire de Karima fusa dans la rue, il lui prit le bras et ils entrèrent dans le restaurant alors qu'elle riait encore.

5

Contrairement à ce qui avait toujours été fait et à ce qui est admis, Fatima récupéra Charles chez elle à sa sortie. Je ne sais comment elle se débrouilla avec ses parents, quel argument elle employa et pourquoi, si ce n'est que c'était un ami de sa fille, mais elle appliqua à ce patient en particulier un privilège exceptionnel.

Quand l'hôpital le délivra, elle le plaça dans sa petite voiture, sous des couvertures, et conduisit extrêmement lentement jusqu'à l'appartement au sol luisant et à l'odeur de bouillon de poulet, avec le maknine dans la cage.

C'était déjà exagéré, mais elle lui fit grimper l'escalier comme s'il se fût agi d'un blessé de guerre. Elle l'installa dans le canapé, sur un boutis de coton, le fit s'allonger, l'enveloppa d'une couverture alors qu'il ne faisait pas froid. Je ne sais pas ce que Charles fit de sa surprise, mais il se laissa dorloter sans protester. Elle lui tamponna la peau avec des lotions de rose, de miel et de fleur d'oranger. Elle lui prit les mains, les massa longuement avec de l'huile d'amande douce.

Elle lui massa aussi les tempes, lui fit boire de minuscules cafés très sucrés et de grands verres de thé à la menthe. Elle imprégna les zones meurtries de macérations de feuilles. Elle lui mit dans les mains des bandes dessinées et l'empêcha de lire trop longtemps. Elle lui imposa des siestes et se fit plus légère qu'une souris. Elle lui fit des chorbas et des crêpes à mille trous, des bouillons et des jus d'orange. Karima, qui ne commenta rien de tout cela, s'en fut dormir chez une amie dont les parents étaient partis pour trois mois.

Nous accueillîmes Charles à sa sortie de l'appartement de Fatima et Idris de la même façon que nous nous serions rendues à la réception d'un centre de désintoxication. Nous chuchotâmes dans l'escalier et frappâmes à la porte avec retenue, comme s'il avait été en train de dormir. Mais il était habillé, son sac posé sur le canapé, assis et prêt à partir, le teint rose et joli comme un jeune cochon. « Voyez-moi ce coq en pâte », dit Karima, le ton légèrement narquois. Tout parfumé de mouton, de néroli et d'huile d'argan, elle le conduisit à son tour chez ses parents, à qui il fut raconté qu'il avait passé une semaine chez un ami. Encore une fois, le mystère reste entier. Comment s'était-il justifié ? Je mentais rarement, avec effort. Il m'apparaissait donc très difficile de réussir à mentir aussi sereinement.

Je me souviens des gestes économes et soigneux de Fatima envers Charles. De longs mouvements sur ses avant-bras, de sa main molle à la peau brune, d'un grain très fin, une caresse sans érotisme mais profondément attentionnée.

Elle se concentrait – les yeux mi-clos – et, à la voir, il était indéniable que tous ses soins, du massage au petit café extrêmement sucré qui suivait la soupe, contenaient un ingrédient magique qui n'appartenait pas au monde matériel des atomes et molécules mais bien à une forme d'éther, complètement dépendante de l'attention, de l'intention et de l'amour. Charles était sorti revigoré non pas parce qu'il avait engraissé aux makrouds et aux nombreux sucres du thé à la menthe, mais parce qu'il avait été cajolé, caressé, nourri d'une affection dont il venait de faire, pour la toute première fois de sa vie, l'expérience.

6

« Tu es une vraie jeune femme » fut sa phrase de bienvenue à l'occasion de ma première visite. À son retour d'Inde, Tony avait ouvert un cabinet de soins rue Voltaire. Il ne venait pas souvent à la maison car il s'y ennuyait, et critiquait Àvia sans remords. C'était donc moi qui me déplaçais, et qui découvris, émerveillée, mon lointain cousin dans son décor taillé sur mesure par quelqu'un qui se voulait flamboyant, qui évoluait et jacassait là-dedans comme un perroquet dans sa jungle verte. Dans ce séjour peint en bleu, les plantes, hautes, grasses, petites, suspendues, en surnombre, donnaient l'impression d'un jardin d'hiver. Habillé d'un caftan de soie rouge, il passait d'une pièce à l'autre avec la démarche d'un sénateur romain, brassait l'air, parlait haut. Il m'embrassa avec force et me fit asseoir à même le tapis, s'agenouilla, servit un thé à la menthe en faisant mousser l'eau dans les verres. Et là, je vis comme il avait changé. Il prit un ton confidentiel pour me dire :

— Et si tu quittais ce mas, pour vivre vraiment chez toi ?

— J'aimerais bien. Le vrai problème, c'est l'argent.

— Mais tu pourrais travailler. Ce serait une possibilité.

— Mais alors j'aurais moins de temps pour étudier.

— Et les deux femmes, elles te laissent respirer ?

— Je leur parle le moins possible.

— Tu compartimentes, c'est une manière de survivre. Fais seulement attention à ne pas te renier complètement. À force de t'effacer, tu pourrais bien avoir envie de disparaître.

Il retourna à la cuisine, sa robe de chambre flottant derrière lui.

— Petite cousine, cria-t-il de loin, je vais veiller sur toi !

— Mais je n'en ai pas besoin !

— Pense ce que tu veux, je l'ai toujours fait. Sauf quand j'étais en Inde, bien entendu, j'étais trop loin. Regarde-moi ça.

Il avait apporté une enveloppe. À ma grande surprise, elle contenait des portraits de moi enfant. Je ne me souvenais plus qui les avait pris. Sur ceux où je regardais le photographe, je riais. Sur certains, il me manquait des dents, sur d'autres, ma frange était coupée de travers. Moi sur la balançoire, à la plage avec un cornet de glace, le tout dans des teintes jaunies. Dans la mer, je dépassais d'une bouée rouge, le visage caramel. Tiens ! cette enfant avait l'air heureuse. Sur d'autres encore, Àvia, au premier plan, dédaignait l'objectif et affichait un air maussade. Ferràn, le ventre tendu, tenait un ami par l'épaule en levant un verre. Il avait l'air saoul. À l'arrière-plan, Olivia détournait le visage. Ma mère regardait Ferràn par en dessous. Mal à l'aise, je levai la tête et demandai à Tony s'il connaissait l'histoire récente de l'Algérie.

— J'ai suivi de près, oui. Maman est moitié algérienne. Ça t'intéresse ?

— J'ai une amie qui vient de là-bas. J'ai rencontré sa mère, une infirmière.

Je me lançai sans le vouloir dans un récit passionné sur Karima, sa beauté incontestable, son intelligence, son indépendance, la gentillesse de sa mère et l'impression que ses soins aimants envers Charles m'avaient laissée.

— Cette fille a l'air exceptionnelle.

— Elle est impossible.

Je le dis sans souffrance, avec lassitude. Je n'espérais pas être aussi accomplie, il était plus facile de l'avouer que de le nier.

— Et les amours, nine ?

— Tu sais, je ne comprends pas les hommes, je crois que je préfère les oublier.

— Ou tes attentes sont irréalistes et toi, tu es impatiente. De toute façon, l'amour, quand ce n'est pas risqué, c'est compliqué.

À partir de ce jour, il ne se passa pas une semaine sans qu'il m'appelle ou m'invite à passer chez lui. Il téléphona à ma mère et la travailla patiemment jusqu'à ce que j'obtienne le droit de l'accompagner en sortie le samedi, s'engageant à ce que je ne boive pas de manière démesurée, qu'il ne me lâche pas de la soirée et que je dorme chez lui. Ces échappées furent des moments hallucinés dont je me souviens comme de vignettes nocturnes : Tony en tee-shirt pailleté, Tony désarticulé par le stroboscope, Tony qui boit à la paille un cocktail délirant. Je n'osais pas lui demander ce qu'il faisait de ses soirées lorsque je n'étais pas invitée ; dans le studio, pas de photographies de famille, ni d'amis, ni d'amoureux. Si je compartimentais, il savait très bien s'y prendre lui aussi. Et quand nous sortions en boîte, c'était dans des périmètres gay, là où sa mère ne se rendrait jamais, ni les amies qui buvaient le thé avec elle.

Devant la porte du club se créait un tapage de bruits, de lumières et d'attroupements, une porte où j'aimais entrer, me glisser vers la cave. C'était une grotte tapissée de baisers, de délires et d'amour. On me servait une coupe de champagne, les amis de Tony fondaient sur moi, agrandissaient les yeux à mes petits malheurs, se montraient féroces pour les hétéros qui ne savaient pas ce qu'ils perdaient. Tous me trouvaient belle et me reluquaient sans vergogne et sans désir. Avec Tony à mes côtés, les femmes pensaient que j'étais sa bonne fée et ne m'abordaient pas, sauf un soir où une jeune femme rousse à l'air perdu me regarda de manière insistante.

— Elle est pour toi, celle-là, me dit Tony.

— Mais Tony, je ne suis pas gay, si ?

— Tu as déjà embrassé une fille ? Alors tu ne sais pas. Va lui parler.

Je m'exécutai et traversai la boîte dans un sentiment d'irréalité. Je souhaitais obéir à Tony qui me ferait quitter ma vie monotone. Je voulais lui montrer que si je l'embrassais, ce serait entièrement sa faute et je n'y serais pour rien. Je sentais confusément que cela me rapprocherait de Karima, et j'eus envie de courir vers cette fille rousse qui s'appelait Colette.

— Et tu viens ici souvent ?

— Avec mon cousin Tony, le garçon qui danse là-bas.

Son sourire avait une grâce légère et, dans un éclair de désir, j'imaginai coller mes lèvres aux siennes. Je ne savais pas encore maîtriser mon regard, dans lequel elle vit une lueur s'animer. D'un signe elle demanda que je me rapproche et me dit à l'oreille :

— Je suis très impressionnée, c'est la première fois que je viens dans une boîte gay. En fait, je ne suis jamais sortie avec une fille.

— Moi non plus, lui dis-je.

On s'écarta, gênées. Pourtant, à ce stade, ma main était sur sa taille et la sienne se posait sur mon avant-bras. Elle inclina la tête vers moi dans une expression de confusion candide, comme si, nous étant avoué notre inexpérience commune, il ne restait plus qu'à franchir le pas ensemble. Au moment de l'embrasser, je songeai : Comme c'est étrange, quand même. Je pensais aux lèvres de Malo, que mille fois déjà j'avais embrassées en imagination.

7

Si Colette m'avait attirée, c'est que j'avais entendu parler de Leila.

Sa voix s'était brisée d'un coup. La gorge serrée, Karima avait bu une gorgée de vin et rallumé sa cigarette.

Je dois te dire qu'avant de partir d'Algérie, commença-t-elle, j'ai laissé quelqu'un là-bas, quelqu'un que je ne reverrai probablement jamais. Bizarrement, mes parents ne sont partis qu'après la guerre, en 1995. Bien sûr, c'était difficile de s'échapper pendant les conflits, mais ils tenaient à rester auprès de leur famille. Maman soignait les blessés, moi je venais d'intégrer un collège de filles.

C'est à cette période que j'ai ressenti pour la première fois des sentiments d'amour pour Leila. Entre nous, c'était un plaisir magnétique à se défier, parfois à s'entraider, mais nous parlions peu, finalement, et surtout de sujets scolaires. J'ai réalisé qu'elle me fascinait. Son regard, sa nuque, l'amande de ses yeux, tu comprends ? J'étais troublée, tu penses bien, j'ai passé des nuits à essayer de comprendre ce qui chez moi était faux, ce que je pouvais réparer. Je n'attendais qu'une chose, c'est qu'elle réponde, alors je l'écoutais. J'admirais son écriture, que j'imitais. Je suppose qu'elle devait ressentir quelque chose de semblable, mais nous étions si timides que nous ne nous sommes jamais rien confié. Jusqu'au jour où nous nous sommes retrouvées toutes les deux dans une cour sans vis-à-vis. Leila ne bougeait pas, n'avançait pas, ne reculait pas. Je n'en revenais pas, elle fouillait mon regard, moi aussi, et voilà une tempête de contradictions : Elle veut ! non, j'imagine des choses. Comme elle est belle ! Pourquoi ne dit-elle rien, elle est si proche ! Et puis nous avons franchi le dernier pas et nous nous sommes embrassées.

J'ai haï la sale fouine qui nous a interrompues. C'était Safia, qui nous avait espionnées. Elle a beuglé dans toute la maison qu'elle allait nous dénoncer et c'est ce qu'elle a fait. Et dès le lendemain, Leila a été retirée de l'école. Je n'avais ni son adresse, ni son numéro de téléphone, je ne l'ai jamais revue et elle me manque encore.

Étrangement, j'avais eu envie d'embrasser Karima, sa beauté et l'aura d'inaccessibilité qu'elle venait de créer autour d'elle. Si déterminée et fascinante fût-elle, elle venait de me confier des choses bouleversantes. Cette gratification m'érotisait.

Une fois dans mon lit, les yeux ouverts dans la nuit, je refoulai ce sentiment : pour provoquer chez Karima ce désir et cette admiration, ou chez Sidler cette passion, il eût fallu, comme Leila, comme Karima, être une fille exceptionnelle.

8

Je décidai de prendre un amant, comme Karima. Après avoir attentivement observé les garçons de ma classe, comme sur catalogue, j'en choisis un qui semblait raisonnable et correct, et qui témoignait pour moi d'un certain intérêt. D'abord, il m'invita au restaurant – je proposai le même que celui où Karima et Sidler s'étaient engouffrés – et mena la conversation, performances sportives, métier de ses parents, bonnes notes, tout y passa, pendant que je l'écoutais en essayant de me tenir droite, par distinction. L'ennui fut tel que je renonçai au dessert et précipitai la fin du repas.

Dans la ruelle, il chercha du regard un coin sombre où il me tira, et m'embrassa avec beaucoup d'application. Quel ennui ! Pourquoi me retrouvais-je là ? Tout en me dégageant, j'inventai des excuses. Je ne pensais qu'à m'échapper et bizarrement, une idée s'imposa parmi d'autres : est-ce que Sidler et Karima s'étaient embrassés là, eux aussi ? Sa révolte fut courte. Il prétendit que ce n'était que comme ça, pour voir, qu'il n'était pas amoureux. Moi non plus, lui dis-je. Le lendemain, à l'université, nous fîmes comme si nous n'étions que de vagues connaissances.

9

Est-ce son cœur qui lâcha ? Deux semaines plus tard, Marie-Josèphe, le premier objet de ma haine, mourut enfin. À l'annonce de l'homosexualité de Tony, elle était entrée dans une longue période de colère. Cette fois-ci, considérant que je n'étais plus une adolescente, je m'étais opposée à elle, aussi pour soutenir ma mère.

Dès le lendemain de notre sortie en boîte, Ferràn, qui l'avait appris on ne sait comment, était apparu dans la cuisine, bruyant, essoufflé, imprégné de mauvais sang. Àvia comptait les billets en consignant les bénéfices sur un grand cahier. Il ne me salua pas et je ne le saluai pas non plus. Sans préambule, il déclara que Tony était pédé, qu'il n'était pas question que le mas revienne à une tafiole, qu'il était temps de mettre de l'ordre dans ce bordel et qu'une vraie paire de couilles reprenne l'affaire. Mais quelque chose d'extraordinaire se produisit.

Àvia Magne, lentement, se tourna vers lui. Elle avait promptement fermé et rangé sa caisse pendant qu'il déroulait sa harangue, et lui parla :

— Tu t'es enfin décidé. Je me demandais si tu étais assez con pour attendre encore un an à reprendre l'affaire.

L'effet du mot con, dit dans un sursaut de voix, le calma. Une lueur de soumission passa dans son regard et il grogna, comme une bête. Ma mère, interdite, n'avait rien dit.

Ferràn repartit en laissant derrière lui son parfum vulgaire. Je décidai de prendre la parole et de marquer ainsi mon entrée dans le monde des adultes :

— Àvia, on ne va pas lui laisser le mas, à ce connard.

J'étais très émue de dire une injure à haute voix, devant elles.

— Tu es chez moi ici, et tu la ramènes ?

— Mais, Àvia, c'est maman qui devrait hériter. C'est elle, ta fille !

— Toi tu la fermes, l'étudiante qui ne glande rien de ses journées. Je t'en foutrais, moi, de ces feignasses qui passent leur temps à des conneries pendant que les autres se tuent à la vigne !

— Mais qu'est-ce qu'on t'a fait, à la fin, maman ? s'insurgea ma mère d'une toute petite voix.

— Et toi, ta fille se balade dans tout Perpignan avec ton pédé de cousin et tu la laisses faire !

Àvia mourut cette nuit-là. Ce fut probablement l'affaire d'une minute. Elle avait dû crever dans son sommeil, car je la découvris vers onze heures du matin, la mâchoire pendante, les mains tenant le drap près du menton, dans un alignement parfait de vieillard qui ne bouge plus pour dormir. Je pris mon temps pour la regarder, ses rides compactes, la courbe de son nez et le trou de sa bouche aux commissures tirées. Je n'avais pas envie de m'apitoyer sur elle parce qu'elle était morte, je la contemplai au contraire détail par détail, avec une satisfaction grandissante qui confina à la joie.

Maman fut très sobre. Ah ! fit-elle dans un petit cri. Elle avait la gorge nouée, ça se sentait. Les yeux secs, elle toucha sa mère, lui flatta l'épaule, lissa le drap. Elle a bien vécu, me dit-elle, protocolaire. Puis elle lui tourna le dos et annonça : Je dois appeler Jean-Louis Thiers des pompes funèbres de Cabestany.

Il fit très beau le jour de son enterrement. La tramontane séchait la pluie de la veille, le froid pinçait et la lumière faisait mal aux yeux. Le matin de la cérémonie, j'eus l'impression que la maison s'était agrandie d'un coup. Je descendis à la cuisine et me servis un godet de blanc, pleine du plaisir tout récent de respirer. Qu'est-ce que c'est que ça de boire du blanc à dix heures du matin ? dit ma mère qui me surprit debout devant le buffet. Elle s'approcha et se servit aussi, largement.

— Tu bois à quoi ?

— Ça va te faire peine.

— Dis-le.

— À notre liberté.

Les cyprès s'agitaient, la robe du prêtre se soulevait, le vent était si fort que nous en perdions l'équilibre. Il dégageait les miasmes du passé, laissait la place aux idées neuves. Il ne fallait pas lever les yeux trop haut : le soleil nous les aurait brûlés. Il me semblait qu'après les brumes ambiguës de l'hiver, la lucidité venait enfin aveugler tout le monde.

Peu s'étaient déplacés pour Marie-Josèphe Magne. Sa mort avait délivré les gens de leur servilité et de ses représailles. Maintenant qu'elle était crevée, on pouvait enfin lui tourner le dos.

Le maire de notre village était venu, le visage grave. Léna portait des bas filés sous une jupe courte, emmitouflée dans un manteau informe, Justin tenait son béret à deux mains, Karima venue en amie portait des lunettes noires très larges et Ferràn avait garé sa grosse berline à l'entrée du cimetière. Ni Olivia ni Dolorès ne se présentèrent.

Ferràn se tint derrière nous. Quand Léna l'aperçut, elle se rapprocha de moi. Ma mère, à ma droite, balança sur ses pieds. Karima adhéra à mon dos, jusqu'à me toucher. Nous nous regroupions.

Ferràn fit le tour de notre famille, contourna la tombe, vint se placer face à nous. Il fixait le sol. Au dernier mot du prêtre, avant que ma mère ne se baisse pour ramasser une poignée de terre, il prit la parole. Marie-Josèphe était sa très chère tante, il poursuivrait son œuvre et ses vœux. Elle l'avait accueilli et traité comme un fils. S'il réussissait et demeurait un homme respectable, c'était grâce à elle. La défunte avait été une auguste femme qui avait sacrifié sa vie aux autres, au domaine. Nous étions *sa* famille. Il veillerait sur nous.

Le hoquet de ma mère ne l'interrompit nullement ; il avait obtenu le sourire laudateur du prêtre Goujas.

En ce mois de février la plaine était rousse, éclairée par le vert tendre le long des étangs, adoucie par les flammes pâles des amandiers. Regardant vers le sud, je voyais la chaîne de montagnes, ce déploiement de bleutés ombreux qui nous protégeaient depuis des siècles contre les invasions. Ferràn, inconscient, leur tournait le dos.

10

Olivia arriva la première, précédant ses deux enfants, ses meubles, ses valises, Ferràn, et tout le chambardement de leur emménagement. Elle passa dans la cuisine, monta l'escalier, élut la chambre du fond – la grande et froide –, et ne reparut pas. On supposa qu'elle devait ranger ses affaires. À cette phrase, « c'est la famille », Ferràn avait raccroché son prétendu souci pour nous, son déménagement, son installation au mas, Olivia, ses gosses et ses trophées de chasse, du sanglier, principalement. Il portait une grande valise à chaque bras. Nous l'entendîmes traverser le hall supérieur, puis le couloir, arriver à la chambre d'Olivia, claquer la porte sur le tintamarre du déballage dans la pièce adjacente.

La virtuosité de Ferràn endormit ma mère, du moins les premiers temps. Elle fut bonne, aimable même. Olivia traversait la cuisine de temps à autre, mutique, disparaissait. Les pneus de sa voiture crissaient le matin sur les graviers de notre cour, crissaient aux horaires scolaires. Ils crissaient aussi le samedi matin et le dimanche soir. Entre les deux, elle disparaissait Dieu sait où avec les petites.

Ferràn entreprit ma mère en lui parlant de la taille des vignes. Qui l'avait faite ? Il n'était pas bon, il fallait changer. Il la travailla sur le fournisseur de bouteilles, sur l'exportation, sur les dettes, sur des broutilles. À la fin, ma mère lui expliquait, comme à un mari, les avantages du maintien de la parcelle de Château-Roussillon, difficile d'accès, ce que nous en retirerions, et elle s'agitait entre les casseroles, lui servant le repas, diffusant à Ferràn un discours qu'il absorbait lentement, assis devant son verre de rouge, pour reprendre des forces. Les petites descendaient dîner toutes seules, mornes, puis remontaient. Ma mère les servait avec l'affection requise chez une tante.

Je ne me risquais pas là-haut. Ma mère changeait d'un jour à l'autre : parfois, il me semblait qu'elle eût pu glisser, ainsi qu'un voile de fantôme, vers le sol et sans bruit. D'autres fois, elle était si nerveuse qu'un seul mot de travers l'aurait fait exploser.

Que faisait Olivia ? Pas la cuisine. Et quand mangeait-elle ? Elle ne travaillait pas. Où trouvait-elle l'argent ? Je la vis un soir, à l'heure où les ombres recouvrent le mas, traverser la cour jusqu'au grand portail auquel elle resta accrochée à regarder par-delà les grilles le chemin qui partait dans le noir, droit vers la grand-route. Pourquoi ne fuyait-elle pas ? Et comment aurait-elle pu savoir que je haïssais Ferràn, moi aussi ? Nous n'en parlions pas.

11

Pourtant, je le tus à Karima également. Oui, elle était sagace et se tenait informée de l'actualité politique, brillait par l'intellect. Mais je n'étais pas certaine qu'elle sût grand-chose de la vie souterraine, celle qui pue et qui fait mal. Je n'osais pas lui dire qu'un violeur était venu habiter chez nous.

Je n'avais rien empêché, je n'avais pas trouvé mon pouvoir. Quant à elle, les siens avaient vécu l'exil ? Très bien, elle ferait avocate, professeur d'université, ce qu'elle voudrait grâce à son intelligence brillante. J'aurais voulu lui extorquer des informations, la supplier : Comment fais-tu pour avoir ce que tu veux ? Montre-moi, enseigne-moi ! Mais bien sûr il n'en fut rien.

Léna et Karima avaient fini par se rencontrer, et dès lors se donnaient rendez-vous place de la République. Aux beaux jours, cette place carrée aux allures de décor de théâtre se remplissait de chaises et de gens. D'un côté comme de l'autre, le soleil y tombait toujours, entre les maisons aux belles façades jaunes. Le printemps me guérissait, son or et sa blancheur me lavaient. Une phrase de Karima résonnait encore, pourtant : qu'avait-elle voulu dire quand elle suggérait qu'il n'était pas besoin de partir pour grandir ? Que se passerait-il si Perpignan déteignait sur moi ? Je pensais aux mains de Justin, si noueuses d'avoir modelé les vignes, des mains devenues identiques au bois qu'elles travaillaient, plus dures que nos ceps. Deviendrais-je comme la matière dont j'étais issue ?

Voilà pourquoi j'appréciais le mois de mai. La ville redevenait aimable : les pas de porte s'ouvraient, le vent purifiait les miasmes. Dans les rues chargées des fragrances des nouvelles fleurs, les étals s'animaient. Nous nous y retrouvions et recommencions à échanger sans conséquence des plaisanteries et des commentaires sur le temps. Après tout, dès le printemps, ceux qui vivaient dans la rue bénéficiaient de six mois de sursis. Dans cette ville, nous étions sur le fil de l'indigence, ni miséreux, ni riches non plus. Nos petits métiers et nos petits salaires nous permettaient de vivre au jour le jour, pas une semaine de plus. On se démerdait, et puis un jour il faisait beau ; pour s'occuper, il suffisait d'aller prendre le soleil sur une terrasse pour le prix d'un café.

Ce jour-là, je flânais. Je me réjouissais de retrouver Karima et Léna. Mais à mon arrivée, Léna ne me salua pas. Elle était renfrognée, enfouie sous plusieurs couches de vêtements malgré la chaleur. Je pensai que c'était élégant de ne rien demander, alors je me tus. Karima se pencha vers moi :

— Elle est enceinte de Charles.

Ils s'étaient croisés le 23 avril, à la fête du livre de la Sant

Jordi. Nous étions le 23 mai, ils n'avaient donc pas chômé. Je voulus râler contre l'irresponsabilité de Charles, mais Léna coupa court. Elle se connaissait, elle tombait enceinte comme on ouvre une porte. La pilule du lendemain n'était plus une solution.

— Reste à savoir si Charles veut être là ou pas, conclut-elle.

— Elle compte sur son père pour garder le bébé pendant les cours, compléta Karima. Elle aimerait faire du droit l'année prochaine.

— Pour défendre la veuve et l'orphelin, et les pensions alimentaires, dit Léna pleine de sarcasme.

Pourtant, elle allait devoir se traîner un gros ventre dans les mois à venir. Je compris que la situation de Léna représentait pour Karima une affaire personnelle, qu'elle voyait en elle un symbole, et combien les ambitions toutes récentes et peu affirmées de Léna, qui voulait faire avocate, flattaient Karima qui se dirigeait manifestement vers une grande carrière académique. Maintenant il faudrait s'occuper d'un nourrisson, revoir ses ambitions, et ainsi de suite. Alors que j'étais prête à m'alarmer et que Karima prenait un air renfrogné, Léna paraissait finalement assez détendue.

— Et Charles ? insistai-je.

— Il décidera de ce qu'il veut faire, je ne suis pas comme ces femmes qui s'accrochent à tout prix. Mais il n'a pas intérêt à me la faire à l'envers.

Et en effet, elle ne s'accrocha pas. Elle se mit plutôt à prendre de plus en plus d'espace. À mesure que son ventre grossissait, sa présence enfla et s'étala alentour et elle se mit à se déplacer avec une extrême lenteur. Elle avait pris conscience de ses droits de mère et les assenait tranquillement : Va me chercher ça, viens près de moi, je suis fatiguée, je n'irai pas en cours. Elle se donna la priorité sur tout le reste, celle de la mère qui fabrique une vie, imposa la nécessité de ralentir – après tout, son corps travaillait à construire un autre être, les études viendraient après.

Elle cessa de s'activer complètement après trois mois. Elle utilisa Charles pour s'acquitter de tout ce qu'elle refusait de faire : entretien de l'appartement dans lequel elle passa ses journées, repas, courses. Elle lui disait de mettre tel disque, de lui apporter telle revue, tel coussin, tel médicament. Elle se teignit les cheveux au henné, changea de physionomie non seulement avec le poids de la grossesse, mais aussi grâce aux loukoums, pâtisseries orientales et autres gâteaux qu'elle engloutissait toute la journée. Je ne sais ce qu'il advint des flirts précédents de Charles, des silhouettes furtives qui traversaient son salon et que nous avions croisées quelquefois. Subitement, elles s'évanouirent. Il coupa ses cheveux, adopta un blouson de cuir, se laissa pousser la barbe. Léna allait et venait chez lui, sans non plus déménager complètement, mais elle avait déserté la fac et se donnait du temps jusqu'à l'accouchement et la rentrée de septembre. Elle déversait toute sa passivité dominatrice et nous nous adaptâmes à elle. Elle se mit parfois à nous engueuler avec acidité : ce cours n'était pas important, on avait mieux à faire dans la vie, nous n'avions aucun sens des priorités, et ce genre de choses.

Fille ou garçon, l'enfant s'appellerait Deva, et elle goûtait ce mot en le prononçant à l'envi, délibérant sans se soucier du temps, seule, ou avec nous, ou avec Charles. Celui-ci, pour la deuxième fois, se rempluma. Sa peau, pelucheuse, fut à nouveau avivée de sang et se lissa. Sa voix descendit et, brusquement, il plut aux filles. Je ne sais comment Léna l'apprit, mais elle tourna en dérision cette avancée. « Maintenant qu'il est père, il devient remarquable », sifflait-elle. Puis elle gloussait d'aise.

J'assistai avec stupéfaction à la cohabitation harmonieuse de deux reines. Plutôt que se montrer rivales, Léna et Karima exercèrent une souveraineté bicéphale et réussie sur notre groupe. Elles se distribuaient le pouvoir dans un exercice totalement différent : Karima nous enseignait ses opinions et nous exhortait à réfléchir mieux – elle avait des méthodes –, Léna l'écoutait puis caressait son ventre, resservait du thé, et nous racontait comment elle délivrerait les femmes dans un futur proche et se battrait pour elles, pour les enfants. Un peu étourdie par les vapeurs de l'appartement, réchauffée par la conviction de leurs discours, j'y passais des heures. Il me semblait engranger des choses fantomatiques et primordiales. J'écrivais de longues lignes régulières de postulats stables et affirmatifs sur des cahiers que je rangeais soigneusement par dates.

Je pris mes habitudes à la librairie Le Futur Antérieur. Je lisais comme un bourdon zigzague : de Benjamin Constant aux sœurs Brontë, de Malherbe à Stendhal, de Sylvia Plath à Paul Auster. Je passais ensuite à la bibliothèque et complétais mes listes, pour créer grâce à la lecture ce rempart à l'intérieur même de ma maison, celle que Ferràn menaçait pendant le sommeil de ma mère, et qui creusait, dans ma poitrine, un petit trou rond.

12

Un soir, comme ma mère et Ferràn étaient absents, je m'étais installée dans la cuisine pour lire, un verre de rouge sur la table, et sans bruit, Olivia descendit l'escalier. Elle se tint un moment dans l'encadrement de la porte, m'étudia. Elle titubait un peu.

— Alors c'est vrai, tu es une intellectuelle.

Olivia ! Je me souvenais de son corps miraculeux sur la plage de Paulilles, de l'apparition blanche au mariage. Ma fascination était intacte, j'aurais voulu qu'elle me trouve aussi sensationnelle que je la voyais.

— Quelle liberté, je t'envie de pouvoir lire comme ça, à ta guise.

— Rien ne t'empêche de lire, toi aussi.

— Je ne lis pas. Tu fais quoi de tes journées ?

— À part les cours ? Étudier, étudier, dormir. Et toi ?

Mal à l'aise, elle regarda la bouteille.

— Je peux me servir ?

— Tu peux tout ce que tu veux.

— Tu as un amoureux en ce moment ?

— Avec les hommes, je n'ai eu que des échecs.

— Tu n'aimes que les hommes ?

La question me rendit perplexe. Pouvais-je vraiment parler de ça avec Olivia ? Mais elle avait une voix de femme habituée à écouter les confidences jusqu'au bout de la nuit.

— Je peux tout entendre, me dit-elle.

— Je n'ai pas encore fait l'amour, si c'est ça que tu veux savoir.

— Mais tu es déjà tombée amoureuse ?

— Oui, d'un gars de Paris qui n'en avait rien à faire d'une fille du Sud. On s'est vus une fois, et après, il ne m'a plus donné signe de vie. En même temps, on ne s'était même pas embrassés.

Elle rit avec suavité.

— Et les filles ?

— Pas de filles, non.

— Dommage.

Une chaleur se répandit sur mon visage.

— Et toi ?

— Moi ? J'ai rêvé de buter ce connard que vous hébergez et depuis l'affaire, je rêve d'embrasser des femmes, pour essayer. Mais sans en avoir vraiment envie non plus. En réalité, je n'en peux plus de la brutalité des hommes. D'être un trophée, un satellite. Tu comprends ? Je me disais que faire l'amour avec une femme, ce serait le faire d'égale à égale. Et puis les femmes, elles ont tout le temps du monde devant elles.

— Tu n'y arrives pas ? Je veux dire, à essayer avec des femmes ?

— Non. Je n'arrive pas à plein de choses.

Nous restâmes pensives un long moment. Je voulais lui montrer que *moi*, je la comprenais. Elle n'avait pas dit « viol », elle avait dit « l'affaire ».

— Ça te dirait de sortir ?

Son visage douloureusement beau s'éclaira.

— J'aimerais tant ! Tu sais où aller ?

— J'ai mes endroits. C'est Tony qui m'a montré.

— Tony ! Je m'habille et je descends.

Un quart d'heure plus tard, elle apparut, opulente, royale. Je montai dans sa voiture comme auprès d'un soupirant.

Le Bubu Club était dans une de ces soirées enfiévrées où tout scintille plus qu'à l'ordinaire. Avec cet air tiède et printanier, la tendresse nous allumait, les gens embrassaient n'importe qui. Je présentai Olivia à ce monde secret, à Mimi et Rita, les amis de Tony, en espérant qu'ils ne lui racontent pas mon aventure avec Colette. Mais ce fut Olivia qui guida la rencontre, libérant soudain son pouvoir envers tous ceux qui l'approchaient. Son corps avait gagné en ampleur, elle ondoyait de toutes ses courbes. En retrait, je la regardais et me disais : Il faudrait que j'apprenne. Cela me fit l'effet d'une bouteille qu'on décapsule.

Che bella, bella ! jubilait Rita, dont les mains voletaient autour de nous. Il nous flanquait des baisers, écarquillait les yeux pour souligner ses compliments. Nous étions des déesses, on aurait fait de l'ombre à Dalida, chérie, qu'est-ce que tu bois ? Olivia m'avait prêté une robe dorée ; la sienne, un fourreau noir, donnait l'impression qu'une actrice italienne était descendue parmi les mortels. Quand « Salma Ya Salama » commença, elle reposa vivement sa coupe de champagne et m'entraîna au milieu de la piste. Ses gestes possédaient une beauté inexplicable, de celle qui ne peut s'imiter. Ses doigts effleuraient mon corps, et moi-même essayais de danser comme elle, sans cassures, lascivement. Elle me désirait, cela voulait dire que je possédais le même pouvoir qu'elle. J'avais bu du champagne et cela m'aidait : je sentais mon censeur intérieur devenir minuscule, c'était lui la bête ridicule. Je riais. Qu'importent Ferràn et tous les salauds de la terre, qu'importent ma famille et son sang de plomb, me disais-je, ce soir, je suis libre. Dans mes veines coulait une effervescence incroyable.

À six heures nous partîmes saluer la mer. Le jour était beau, nous roulions sans paroles, vitres ouvertes, sur des courbes chargées des fragrances de l'aube. L'idée était d'aller prendre un café et un croissant à l'arrivée des pêcheurs, à Port-Vendres. Nous entendions l'eau clapoter, les cliquetis des mâts et des barques, les colombes du matin. Il n'y avait pas de vent, simplement la chaleur qui inondait les maisons tournées vers la baie. Nous étions seules, je m'épanouissais, heureuse de faire mes premiers pas d'adulte. Je me concentrai longtemps avant de prendre la parole, tournant lentement ma cuillère dans la tasse. Olivia s'abandonnait au soleil en silence, les yeux fermés.

— Si je peux me permettre, pourquoi tu restes avec lui ?

— Pour les enfants.

— Tu n'as nulle part où aller ?

— Je n'ai pas de diplômes, moi, je ne suis pas une intellectuelle comme toi.

— Je ne suis pas une intellectuelle. Il n'y a personne qui peut t'héberger, le temps de te retourner ?

— Pour aller où ? Je n'ai pas de famille. Pas de parents, pas de cousins. Et quand je me suis mariée, je n'avais pas de diplômes. J'étais juste belle, ça suffisait. Et puis il m'a menacée. Tu ne sais pas ce qu'il est capable de faire, il n'a pas de limites. Il tient l'argent, il peut se payer des avocats. Si je m'en vais, je ne verrai plus les enfants. Il se débrouillera avec ses relations, il racontera n'importe quoi. Ou alors quoi, m'enfuir une valise à chaque main, prendre un train, débarquer je ne sais où, avec eux ? Pour aller vers quoi ? Quelle ville ? Quel hôtel ? Et l'école ? Comment veux-tu vivre plus de quinze jours comme ça ?

— Mais qu'est-ce qu'on peut faire ?

— Attendre que quelque chose se passe. Tenir. Je tiens, moi. Il ne me touche plus. Il sait que la prochaine fois je lui crève les yeux. Mais ta mère est fascinée par lui, je l'ai toujours vu. Maintenant qu'il est chez vous, elle ne s'en débarrassera jamais. Si vous ne faites rien, il mettra la main sur le mas.

Elle m'expliqua ce que j'aurais dû comprendre toute seule. Les gitans la soutenaient, depuis que l'un d'eux était tombé amoureux d'elle, à l'adolescence. Elle n'avait pas rendu les sentiments, mais elle s'était démerdée, il la protégeait, elle sollicitait des arrangements, de menus services.

Elle ne voulait pas de la cage du gitan. L'argent qu'elle mangeait, qui lui achetait des couvertures, des habits, des cahiers pour les filles, c'était le sien, et Ferràn le lui distribuait. Elle avait voulu travailler, faire la vendeuse, faire dame pipi. N'importe quoi avec ses deux mains, mais il lui avait dit : « Si tu sors de la maison, c'est le divorce, je te nettoie et les enfants tu les oublies. » Il avait des relations chez les juges. Elle avait des relations chez les gitans, mais leur justice à eux se rendait au couteau. En une fraction de seconde je pris ma décision et lui dis :

— Quand j'étais petite, j'ai vu Ferràn et Sandrine baiser dans l'eau, à Paulilles. J'ai encore le maillot.

À peine fut-elle prononcée que la phrase m'épouvanta. Je vis Olivia se défaire, je vis les conséquences se fracasser les unes contre les autres. Je voulus me reprendre, mais elle me fit taire d'un geste sec.

Je réalisai que je m'étais trompée sur elle depuis le jour de son mariage, en août 1988. « Elle ne viendra pas » : avec cette phrase je m'étais construit l'image d'une princesse blanche comme un nénuphar, belle et insaisissable, qui excite le désir des hommes avec une désinvolture coupable. Elle avait négligé ses responsabilités, elle avait attisé les pauvres hommes qui ne se contrôlaient plus. Sa silhouette évanescente, d'une beauté dangereuse, je la voyais à présent dans le prisme d'une autre réalité, épuisée par la solitude. Je m'aperçus que j'avais protégé les hommes en les rendant irresponsables. Maintenant je voulais lui dire que je la comprenais, que je ne serais jamais plus une traîtresse qui la jugerait, et malgré le soleil qui brillait, le monde était gris, il était gris en moi aussi et je ressentais de la douleur pour elle, même si celle-ci était négligeable en proportion de la sienne, monumentale.

13

À notre retour, Ferràn attendait, attablé, une bouteille quasi vide sur la table. Il la scruta d'un regard hostile.

— T'étais où, salope ?

— Je t'emmerde.

La violence du déchaînement fut si rapide que je hurlai. D'une poussée, il était déjà face à elle, le bras levé.

— Ferràn, arrête ! On était ensemble !

— Toi la morveuse, dégage, c'est entre ma femme et moi. Réponds, t'étais où, salope ?

— Va te faire foutre ! cria Olivia qui tenta de le dépasser par la gauche.

Il lui saisit les cheveux, la tira en arrière. Elle dut se cambrer. Son dos penchait vers le sol et ses genoux étaient pliés. Je m'élançai dans l'escalier, pour appeler ma mère. Elle s'était endormie sur le ventre, sans avoir déplié les couvertures.

— Vite ! Il tabasse Olivia !

En chemise de nuit, elle dévala les marches, le visage fermé. Muette, elle fondit sur Ferràn, le bras raide, pour le retenir. Il y eut une lutte immobile des forces, Ferràn le poing prêt à frapper, Olivia courbée qui se protégeait la tête, ma mère qui retenait Ferràn.

Olivia avait reçu plus d'un coup pendant les quelques instants où je me trouvais dans la chambre de ma mère. Il ouvrit la main, lâcha les cheveux. Elle s'affaissa, nous étions figés, nous la regardions tous les trois. Après un long silence, elle se redressa lentement et monta à l'étage. Ferràn haletait après l'effort.

— Mais qu'est-ce que tu as fait ? dit ma mère.

— Je lui montre le respect.

— Mais merde, Ferràn, tu vas trop loin, elle est brave, ta femme !

— C'est mes affaires.

Debout, tanguant, il se versa le reste du vin et le but d'une traite, puis sortit de la cuisine, claqua la porte, et nous entendîmes la voiture démarrer.

Je ne sais comment Olivia s'arrangea au retour de son mari en pleine nuit. Je guettai les signes de leur présence ; il n'y en eut aucun, ni claquements de portes ni éclats de voix. Ma mère s'était enfermée dans sa chambre, et le lendemain je restai seule, secouée, m'occupant au ménage pour faire diversion. Je me mis enfin à mon bureau pour travailler, mais les pensées ne venaient pas. Je fus tentée d'appeler Léna ou Karima, mais je me ravisai. Impossible d'exposer cette pourriture généralisée que nous avions laissée s'installer.

Ce fut Karima qui m'en parla la première. Comment savait-elle ? Par quelle mystérieuse capillarité avait-elle saisi ces informations ? Au cours de la semaine, elle me convoqua dans le centre-ville.

— La meilleure amie de ma mère est greffière au tribunal. Elle a vu passer de sales histoires sur Ferràn. Pourquoi ne m'en as-tu jamais parlé ?

Et pourquoi ? Est-ce que j'avais une réponse, moi ? Parce que j'avais honte de ma famille, peut-être.

— Tu sais que je suis là pour toi, tu sais que tu peux venir dormir chez nous quand tu veux.

Quoique l'idée soit tentante, je ne répondis rien.

— Il est violent avec vous, ce Ferràn ?

— Non, ma mère et lui font même des affaires.

— Mais il vit chez vous ?

— Oui, il est venu s'installer chez nous après l'enterrement. Tu te souviens du discours où il parlait d'aider la famille ? Il voulait tellement aider la famille qu'il est arrivé avec Olivia et les gamines, et qu'il a foutu son nez dans les affaires du mas comme si c'était le maître. Il promène ma mère.

— Mais elle ne dit rien, Angélique ?

— Olivia m'a dit qu'elle était amoureuse de lui. Je ne sais pas si c'est vraiment ça, mais…

Ma parole se coupa. Je ne comprenais pas ce que ma mère éprouvait pour Ferràn. Je trouvais son indulgence abjecte.

— Vous n'avez pas alerté la police ?

— Pour dire quoi ? Ils savent qu'il y a eu plainte. Le procès n'a abouti à rien. C'est comme s'il n'avait rien fait. Pour l'instant c'est un couple qui vit ensemble comme n'importe quel autre couple.

— Mais tu les as vus cette nuit ! Il allait la cogner !
— Il l'a cognée, dis-je en insistant sur le verbe.
Karima me regardait avec irritation.
— Raison de plus ! Qu'est-ce que tu attends ? Il faut bien que quelqu'un le fasse ! Je ne peux pas, moi, par exemple : je n'ai pas vu la scène. Je ne peux pas être témoin. Toi tu peux. Tu dois.
— Mais je ne sais pas comment faire. Et puis, on ne connaît pas le testament.
Elle m'engueula avec vigueur. Dans un discours à l'indignation glaciale, elle m'expliqua que je devais prendre mes responsabilités, que mon témoignage était crucial, et qu'il en allait de la vie de cette femme et de la bonne marche de la société. Si tout le monde agissait comme moi, continuait Karima, il n'y aurait plus personne pour défendre les fragiles, ceux qui ne peuvent se défendre seuls. Nous avions la responsabilité d'endiguer les actes de ces tyrans, ces criminels.
Avec un mépris que je lus au coin de ses lèvres, elle ajouta que dans sa famille on lui avait appris d'autres valeurs et qu'elle ne comprenait pas que ma mère ne réagisse pas, qu'il lui paraissait invraisemblable que nous restions là, apeurées, comme s'il ne se passait rien d'extraordinaire. Son sermon me fut si insoutenable qu'à sa phrase « en fait, ça m'écœure », je me levai brusquement et partis, suffocante, certaine de ne recevoir aucun secours.
Je refis la liste de mes qualités. Si je n'avais pas réagi, c'est que j'étais coincée. Elle ne le voyait pas, ça, Karima, bien au chaud dans son appartement protégé. Ferràn était

dangereux, la preuve, et moi je n'avais que vingt ans. Je me voulais pacifique, je découvrais ma naïveté, ma solitude – argument qu'elle avait dégagé avec une indignation qui m'avait fait mal, démontrant que mes petits problèmes d'Occidentale n'avaient aucune importance, à quoi ma logique lui avait donné raison, ce qui m'avait enfoncée encore plus dans une perception horrible de moi-même.

Je m'insupportai tellement que je m'appliquai une gifle. Bouge-toi, Catalina !

Ma mère était dans la cuisine, elle préparait le repas. Je me jetai en avant.

— Pourquoi on ne va pas à la police ?

— Pourquoi quoi ? dit-elle d'une voix blanche.

— Pour les coups, pour ce qui s'est passé cette nuit ! Pour Ferràn ! On ne peut pas continuer comme ça !

— Ce sont leurs histoires. Je ne me mêle pas des histoires de couple.

— Mais ce ne sont pas des histoires de couple ! Il l'a frappée, maman. Il vit chez nous, on est toutes en danger ! On ne va pas continuer à vivre avec lui, non ? Et après ce qui s'est passé…

— Qu'est-ce qui s'est passé ?

— Mais le viol !

— Oh ! s'écria-t-elle, la voix stridente. Ne parle pas de ces choses dégueulasses dans ma cuisine !

— Mais c'est vrai, c'est ce qui s'est passé !

— On n'en sait rien de ce qui s'est passé, on n'était pas là ! Et finalement, ils ne l'ont pas déclaré coupable !

Dans son cri, elle s'était complètement raidie, son regard

ne me voyait plus. Ma vue se voila de sidération. Je quittai la cuisine sans rien ajouter, montai dans ma chambre me calmer. Il me semblait que la salissure de Ferràn atteignait ma mère, passait sous les portes et s'étendait en rampant dans les pièces.

Je me sentis soudain extrêmement mal. Je suffoquai, ma vue me trahit, ma respiration se coupa. Mes jambes faiblirent. Elles allaient lâcher. Devant mes yeux, un voile, puis de nouveau la chambre. Puis des pas, une silhouette à ma droite, qui se penchait vers moi. D'une main, ma mère me touchait le front, de l'autre, elle appuyait sur mon cœur pour apaiser ma respiration. Ma poitrine sursautait. Elle me dit de respirer calmement.

La crise passa. Trop vite à mon goût, car j'aurais voulu un éclat spectaculaire, pour que ma mère voie l'effet de sa lâcheté. Je sentis nettement en moi une rupture, une fermeture définitive.

C'était fini. Je ne lui faisais plus confiance. Je voulais être seule. Je me redressai à moitié. Elle me proposa un verre d'eau que je refusai. Alors elle se leva et partit, comme si rien ne s'était passé. Je l'entendis descendre et retourner à ses casseroles. Je fermai ma porte à clef, ouvris la commode et extirpai le maillot vert émeraude. Un jour j'en ferais quelque chose.

14

Ainsi passa l'été, sans plage, sans un seul ami.

Je fus soulagée de recevoir la liste des lectures conseillées avant la rentrée. Je fréquentais Torcatis, vieille et noble librairie vers laquelle mes pas retournaient toujours. Un jour, au rayon poésie, une jeune femme m'aborda. Elle m'avait reconnue : j'étais l'auteure d'un article paru dans *Guerrières*, une revue associative estudiantine et féministe. Je leur avais proposé un court texte d'opinion, qui avait été retenu. Garance et ses amies en avaient largement discuté, fières qu'un écrit de cette trempe ait pu être publié. Son discours m'emplit de fierté : pour la première fois j'étais validée, pour mes idées, leur pertinence et leur rigueur. Garance, qui faisait partie du comité éditorial, me proposa de publier un autre article sur la sororité et les cercles féminins. Sujet vaste, que je pourrais creuser comme je l'entendrais.

Après son départ, j'eus beau compulser de nouveaux livres d'auteurs inconnus de moi, je ne sus me défaire d'un sentiment de solitude. C'était d'amour que j'avais besoin, cet amour dont l'absence plombait mes épaules d'une cape glaciale.

— Tiens ! dit Léna sans amabilité en entrouvrant la porte.

Elle me servit un thé, se déplaçant avec lenteur. Je lui racontai que je m'étais acheté des livres grâce à l'argent de Marie-Josèphe que j'avais retrouvé dans une paire de chaussures – cette salope, heureusement qu'elle a crevé, siffla-t-elle – et que je cherchais un but dans ma vie.

— Un but dans ta vie ?

Elle prit un air exaspéré comme si j'avais parlé d'un caprice. En se caressant le ventre, elle montrait quelles étaient les choses valables, essentielles. Je ne pus donc rien lui dire sur la nuit où Ferràn avait cogné Olivia dans notre cuisine. Je m'en tins à mes lectures, au temps qu'il faisait. Elle prit à son tour la parole, collant les phrases les unes aux autres, impatiente de se raconter. Charles était gentil, il s'occupait bien d'elle, les hommes étaient là pour assumer le logis et le repas pendant que la femme s'occupait de fabriquer un bébé, de toute façon je pourrais dormir toute la journée, bâilla-t-elle. Elle donnait l'impression d'avoir conquis quelque chose. Moi, il me semblait que la réalisation arriverait à l'âge des cheveux gris, après de grands déchirements et de grandes renonciations. Je trouvais qu'elle avait une chance insolente. Son père la laissait vivre à sa guise, elle tombait enceinte par hasard et menait une grossesse de sultane, elle désirait quelque chose et cela s'accomplissait.

Charles était sympa, ses beaux-parents étaient sympas,

tout le monde était sympa. Tant de bonheur facile me parut insupportable. Je voulais fuir sans savoir où aller. Où ? Partout sauf dans ce mas maudit qui renfermait un ogre que nous étions incapables de vaincre.

15

Un jour que je dînais seule au restaurant avec un livre, un geste attira mon attention. Face à moi, un homme tentait d'attraper mon regard. Il grimaçait. Il était persuadé que son jeu m'excitait car il passait la langue sur ses lèvres, les mordait, clignait de l'œil. Il me débectait. Comme une somnambule je pris mon sac et sortis un rouge à lèvres carmin. Je vis le regard triomphant de l'homme lubrique.

J'appliquai le bâton de rouge largement. Pas sur mes lèvres, mais sous le nez, sur les joues, sur le menton, en traçant de larges cercles, en écrasant la pâte. Le visage de l'homme se défit. Il lança « pauvre folle », et s'enfuit.

Je frémissais. Je sortis dans la rue et commençai à me dévêtir. Des passants ralentissaient. J'entendis des ricanements étouffés, des chuchotements alarmés. Je restai sur le trottoir, à retirer lentement mes habits. J'entendis le mot pute, le mot chaude. Ils me galvanisèrent. Ils en voulaient ? Ils en auraient trop, jusqu'à se noyer. Je me sentais ivre et claire. Alors que j'avais enlevé le haut et me retrouvais en soutien-gorge, je remarquai chez une femme une pitié étrange. Je commençai à déboutonner mon pantalon, à le faire glisser pour le jeter ensuite sur le trottoir, comme le reste de mes vêtements.

La police arriva peu après. « Madame », me dirent-ils avec douceur en tendant la main vers moi. Le ton était précautionneux, comme si j'avais été une grenade sur le point d'exploser. Je savais ce qu'ils pensaient : j'étais en pleine décompensation. Au contraire, j'étais d'une lucidité parfaite et savourais mon délire de liberté. Tous ces hommes avaient toujours souhaité notre sexe, notre disponibilité et notre approbation. Nous devions nous offrir totalement, tout le temps, attendre et remercier pour le sucre. Cette fois-ci je leur jetais ma chair à la gueule, comme un miroir de leur lubricité.

Le plus jeune des policiers avait posé la main sur mon bras.

— Mademoiselle ? Il ne faut pas se déshabiller comme ça dans la rue, mademoiselle. Ce n'est pas l'endroit pour ça.

– C'est ce que tout le monde attend, non ? Qu'on se foute à poil, qu'on soit disponible, qu'on se donne. Et qu'en plus on dise merci. Ce n'est pas ce qu'ils veulent tous ?

— Madame, c'est un espace public. Ce n'est pas le lieu pour ça.

Cette phrase me calma mais je continuais à enlever ce que je pouvais alors qu'il me tenait plus fermement le bras.

— Arrêtez, s'il vous plaît.

Je le regardai dans les yeux. Il était mignon. Tout avait l'air doux chez lui, son regard, ses joues, ses cheveux. Il était rassurant. Jamais il ne pourrait comprendre la liberté que j'éprouvais en ce moment même. Il avait l'air normal. Les gens normaux ne me comprendraient pas. Les gens qui ne feraient pas d'effort ne nous comprendraient pas.

Les policiers finirent par disperser les spectateurs et m'emmenèrent dans leur voiture. Au poste, ils vérifièrent mon alcoolémie, me demandèrent si j'avais pris des drogues, me soumirent à un interrogatoire. Je répondis, enfoncée dans ma chaise, économisant mes mots. J'entendis la dérision d'un flic qui se renseignait : « Elle a craqué ? » Mais le petit flic doux le remit à sa place.

IV

1

Ma mère trouva une solution tout à fait imprévue à la problématique Ferràn. Ensemble à table pour une fois, nous partagions une soupe. Les autres étaient absents. On supposait que Ferràn mangeait le soir au restaurant et qu'Olivia se nourrissait avec l'air de Dieu.

— J'ai une nouvelle à t'annoncer.

Quand elle se faisait solennelle, c'est qu'elle n'assumait pas ce qu'elle avait à dire.

— Tu te souviens de Paolo le comédien, celui que tu as croisé à Maury ?

— Oui.

— Nous entretenons une relation.

Elle ne pouvait pas dire « on sort ensemble », comme tout le monde ? Une relation ? Depuis quand ? Et comment ? Elle ne quittait jamais le mas.

— Quelle relation ? Je ne l'ai jamais vu ici.

— Il m'écrit, figure-toi, de très belles lettres d'amour. On se croise au marché, quand il vient sur Perpignan.

Ma mère en femme amoureuse, c'était si incongru que je ne pensai même pas à la féliciter.

— Mais depuis quand ? Il est vraiment amoureux de toi ?

— Oui, répondit-elle avec animosité, contrairement à ce que tu crois je suis capable de me faire aimer des hommes.

— Mais ce n'est pas vraiment une relation, des rendez-vous au marché !

— Si tu veux savoir, il m'a proposé de partir en Sicile avec lui.

Je sentis à son appréhension qu'elle avait parlé plus vite que prévu. Mais la phrase était dite et elle résonna comme le tonnerre. Je répétai :

— En Italie ? Pour voyager ?

— Non, pour y vivre.

Et là, elle s'enflamma telle une torche. Le mas, les conneries de Ferràn, cette vie de con à gérer des vignes et à se tuer le dos, à gagner trois pélos, c'était fini. Elle partait, elle allait vivre sa vie, faire l'amour, vivre de rien, les pieds dans l'eau, avec quelqu'un qui saurait l'aimer, elle. Abasourdie, j'entendais deux choses : premièrement, ma mère n'était pas du tout celle que je croyais. Cette femme effacée, maigrelette, dure au travail, depuis si longtemps sans homme que je la croyais asexuée, se barrait du jour au lendemain sur une île pour se la couler douce. Le verdict était clair : ce qui t'arrive ne m'importe plus, ma fille, je fous le camp.

Au petit matin, délavée, il me sembla que je ne pourrais plus rien ressentir. Je m'arrangeai pour ne pas la croiser et fuis à l'université. À midi, je restai assise sur un escalier à regarder le vide. Brutalement c'est le soir. J'entends ma mère au téléphone parler ouvertement avec Paolo, lui raconter qu'elle m'a tout annoncé, que la voie est libre, qu'il peut acheter les billets. Elle rit doucement, se montre plus câline que jamais.

Encore une fois, le temps se dissout ou se contracte, je ne me souviens plus des jours qui suivent, comme s'ils ne comptaient pas pour ma mémoire.

Le jour de son départ – mystérieusement, tout a été facile, cet homme a de quoi vivre, un appartement les attend à Taormina, c'est celui de ses parents –, ma mère part avec une simple valise, elle laisse sa chambre rangée, son lit fait, elle ne me donne pas plus de conseils que ça ; sur un bout de papier, un long numéro pour la contacter là-bas, je la prends dans mes bras, elle s'engouffre dans le taxi, et puis d'un coup je me retrouve seule, dans une solitude assourdissante que je n'ai pas vu arriver.

2

Je passai plusieurs jours dans le noir. Je dormis, me recroquevillai, pleurai. Je plantais mes ongles dans ma main. Je voulais ressentir cette douleur, diffuse, dans la chair.

Après quelques jours, il fallut bien se lever. Ma mère avait laissé des billets sur la table. Les clefs du domaine étaient étiquetées et suspendues. Les factures de téléphone mises en évidence. Sur une grande table, elle avait étalé des factures classées, la carte de visite du notaire, celles des avocats, des assureurs. Je découvris plusieurs détails de ce genre, qui montraient combien son abandon avait été planifié. Dans sa chambre, je retrouvai les extraits de comptes, toutes les informations bancaires de notre entreprise. Je compris alors qu'elle avait voulu les soustraire à la traque de Ferràn.

Dans une lettre, elle avait précisé de nombreux renseignements : le numéro de la banquière, ceux des fournisseurs, des vendangeurs. Son odeur émanait de la courtepointe, lissée, le drap tiré comme si elle allait revenir ce soir. Je trouvais fou qu'elle me fît confiance, et qu'elle se montre aussi désinvolte. On ne laisse pas la gestion d'un domaine à sa fille de vingt ans.

C'était pourtant le cas. Le vent soufflait, j'ouvris la fenêtre. Des feuilles brunes montèrent en spirale, l'air me gifla, il m'excita. Dans ma fureur, j'admirais l'intrépidité de ma mère. Elle s'était dégagée du fardeau que le monde lui avait mis sur le dos – gestions financière, domestique, agricole, ménagère, familiale, filiale et maternelle – et l'avait posé là, puis elle s'était enfuie comme si la mort était à ses trousses.

Plusieurs soirs de suite, en rentrant de l'université, j'eus un frisson de satisfaction en prenant les clefs devant la porte de la cuisine. Tout m'appartenait, était disponible pour moi : cette entrée que je franchissais s'ouvrait sur cette immense maison entourée d'hectares de vignes, qui produisaient des milliers de bouteilles. Tout cela était sous ma responsabilité désormais. Ces premiers soirs furent étranges. La maison était silencieuse mais paraissait vivante, comme si elle respirait et réagissait à mon énergie. Je mangeais en portant l'assiette à ma bouche, vulgaire et seule, je me sentais libre.

Je ne savais pas ce que trafiquaient Ferràn et Olivia, partis plusieurs semaines auparavant, sans prévenir et pour une durée indéterminée. La moindre des choses aurait été de m'avertir de leurs allées et venues, dis-je à haute voix. Sur cette idée, j'entrai pour ausculter leurs chambres respectives, celle d'Olivia et des enfants avec les lits faits, les vêtements rangés, celle de Ferràn crevant d'un tas de linge sale dans une puanteur de tabac froid. Je pris tout ce que je pus et le brûlai dans un grand feu au milieu de la cour.

La banquière connaissait très bien la famille Magne. Elle se répandit en compliments, ma mère était une brave femme qui aurait dû servir d'exemple. Je lui annonçai qu'elle était partie vivre à Taormina pour un temps indéfini, et après un mouvement de surprise, elle entreprit immédiatement de m'informer. Les affaires familiales avaient jusque-là été très bien gérées. Les femmes, affirmait-elle, étaient souvent prudentes dans la gestion des avoirs, ce qui donnait des résultats encourageants sur le long terme. J'héritais donc de comptes très bien tenus – tiens, ma mère m'avait inscrite comme titulaire de ces comptes. Elle prit du temps pour m'expliquer l'échelonnement des paiements, les entrées et leurs significations. Je la remerciai avec effusion. Entre femmes, nous nous soutenions.

3

Noël approchait et la saison des ventes, viendrait ensuite celle de l'entretien des vignes, de l'embauche, puis des vendanges. Je savais les noms de nos fournisseurs, leur caractère et parfois même je connaissais leur numéro de téléphone par cœur. Toutes ces années, ma mère et Marie-Josèphe avaient mené leurs affaires depuis la table de la cuisine, le grand cahier de comptes ouvert devant elles. Cette mélodie apprise depuis l'enfance, c'était à moi de la chanter désormais.

Ma mère et moi créâmes une habitude. Le dimanche soir, je l'appelais. La première fois je fondis en larmes, ce qui fut contagieux : elle pleura elle aussi. Pendant que je me mouchais, elle me dit qu'elle me comprenait parfaitement puisqu'elle avait assumé ce mas toute seule. Je la trouvai gonflée. Elle était très heureuse à Taormina, continua-t-elle avec une obstination douce, elle trouvait important que je me débrouille seule, et le plus tôt possible.

D'un dimanche à l'autre, je pus me faire une idée plus précise de son quotidien. Ils étaient tombés amoureux des îles Éoliennes, traversaient la mer dans des ferries pour parcourir les îles et leurs plages. Ils arpentaient les falaises, les champs et les criques, se régalaient de fruits et de poissons, passaient minuit les pieds dans l'eau. Elle ne le dit pas mais je compris qu'ils faisaient l'amour partout et souvent, que c'était un thème inaugural dans sa vie. Au fil des semaines sa voix s'adoucit. Avant de recevoir des lettres aux métaphores enthousiastes, je n'imaginais pas du tout la Sicile. Des maisons colorées, de la broussaille et une mer bleue comme chez nous, voilà tout.

J'attendais que ma mère finisse par s'ennuyer. Cela n'arriva pas. Je ne la reconnaissais plus.

Elle m'envoya des photos début décembre. Sa peau s'était cuivrée jusqu'aux chevilles, ses maigres cheveux éclaircis, elle portait une robe fleurie, du vernis à ongles et des bijoux. Paolo la tenait par la taille, tout sourire. Je ne sais pas s'il l'était, en tout cas il jouait bien l'amoureux. Ils étaient assis sur une barque, et derrière eux un village rose surmontait la mer. Je reçus plus tard des photos de leur appartement : carrelage, baies vitrées, géraniums, les mêmes appartements que chez nous. Je n'y comprenais rien.

4

À l'approche de Noël, je me souvins de Tony, que par une oblitération inexplicable de ma mémoire j'avais oublié. Je l'appelai. Il me répondit avec courtoisie, et me demanda comment j'envisageais de gérer tout ça. Il ne me plaignait pas. Cela me fit réfléchir et je me promis de noter chaque tâche sur un cahier.

J'écartai les études. Mes journées finissaient vers minuit. J'abandonnai les livres, je laissai filer les demandes de Garance et de la revue *Guerrières*. Je me promis aussi de réagir sévèrement quand Ferràn se montrerait. J'échafaudai des dialogues et des reparties, que je répétais à haute voix pour me donner de l'assurance. Je notai aussi que je devrais appeler Karima, Charles et Léna, les féliciter pour la naissance de Deva, une liste qui commença à grossir considérablement.

Désormais, ce serait à moi d'organiser les ventes de notre production et de tenir à la fois la maison qui menaçait ruine. Mas, caves, combles, vignes, le domaine devait se gérer comme avant, à la différence près que j'étais une châtelaine seule aux commandes.

Et ce fut un temps de jubilation.

Chaque vendredi je nettoyais les trois pièces où je vivais. Les autres accumulaient poussière et humidité. J'ouvris en grand les fenêtres, puis je fis un feu d'enfer. Du reste, faudrait-il allumer les radiateurs ou utiliser le bois ? Était-ce le moment de remplir la cuve à mazout ? À quel prix ? Et Justin devrait m'aider, maintenant. C'était moi la patronne. Nous avions des arrangements avec les voisins, qui nous laissaient profiter de leurs arbres fruitiers hors d'usage, dont Justin débitait chaque année les troncs, avant de les entreposer dans la grange. Pourquoi ne l'avait-il pas encore fait cette année ? Je devrais bientôt adopter un autre ton : Justin avait trois fois mon âge. Mais il fallait tailler les pyracanthas, les platanes, colmater la fuite de la gouttière, le volet qui avait cédé sous la tramontane, dégager le ruisseau, chasser les fouines, réparer la chaudière et les tuiles cassées, vérifier les fûts, nettoyer les cuves. Ça n'en finissait pas. Et pourtant, l'excitation se mit à grandir en moi.

La vie des exploitants vignerons déroulait un agenda très serré, et si novembre était un mois relativement calme, décembre sonnait le début des montagnes russes. Je m'attablais alors chaque matin, appelais les prestataires, me présentais, résumais la situation. J'appris à forcer le ton, à couper court aux arguments merdiques. Je le dis à l'un d'entre eux : Cet argument est merdique. Avec les interlocuteurs agressifs, je me montrais offensive. Avec les fuyants, je trouvais des arrangements habiles.

Puis du jour au lendemain les appels commencèrent à

affluer, de sorte que je ne sortis plus de chez moi. Je me souvins qu'en ces périodes de fêtes ma mère faisait le tour des commerçants. Je me décidai donc à faire mon premier tour de vigneronne auprès de nos distributeurs.

Devant le miroir, je vis mon sac, la même chose molle que je portais au lycée, mes chaussures élimées. Je ressemblais à celle que j'étais il y a cinq ans. J'en ris. J'ouvris mon armoire : rien ne paraissait assez crédible. Dans celle de ma mère je trouvai ce qui convenait : un vieux foulard Hermès, une veste matelassée, des bottes solides.

Perpignan était en fête. Alors que je traversais la foule, j'aperçus Karima qui me vit avant que je puisse feindre de l'avoir manquée.

— Karima, quelle surprise !

— Quelle surprise. Tu portes les habits de ta mère. Pour les affaires, j'imagine ?

— Elle est partie en Sicile, je tiens le mas toute seule.

Cela aussi elle le savait, mystérieusement. Mon agressivité l'adoucit.

— Qu'est-ce que tu fais habillée comme ça ?

— Je démarche mes distributeurs, dis-je avec orgueil.

Avec cette phrase je me trouvai sur le point de la mépriser, elle qui n'avait pas encore ses diplômes et trouvait le temps de flâner au marché. Je travaillais, moi, j'avais un domaine à tenir.

Sa morgue et ses sous-entendus – en travaillant ainsi tu ressembles à une propriétaire terrienne de droite – me blessèrent. La dureté de l'existence, c'étaient ses parents qui l'avaient éprouvée, pas elle : madame étudiait comme bon lui semblait, madame mangeait à l'œil, madame prétendait à une carrière d'intellectuelle, avec la bénédiction de sa mère qui se tapait les trois-huit à l'hôpital. Et maintenant que je devenais responsable, elle m'épinglait.

J'aurais aimé, moi aussi, me consacrer aux affaires éthérées de l'esprit, à cet honorable accomplissement personnel. J'aurais voulu, croyais-je, parcourir tout un tas d'ouvrages pour me cultiver, faire l'érudite dans une carrière universitaire. Mais je décelais, au fond de moi, une impuissance qui me faisait très mal, un manque de capacité intellectuelle de la trempe de Karima, qui m'empêchait de pouvoir appréhender n'importe quelle carrière grâce à mon intelligence. J'avais désormais un mas à gérer et cette condamnation me soulageait, même si je ne me l'avouais pas encore.

Karima laissait sa mère se tuer au travail pendant qu'elle lisait et se pavanait, belle à en crever, à l'université. Ainsi marmonnais-je en passant les vitesses, avec le sourd plaisir d'être pourtant parvenue à une sorte d'équilibre, de normalité, avec cette plongée brusque dans le monde du travail et des responsabilités.

Je n'ai plus le luxe de philosopher, me dis-je avec satisfaction en sortant les sacs de la voiture. Tony était invité à dîner et j'allais le gâter, lui montrer comme j'étais adulte. Un jour, chez moi, ça sentirait la soupe de poulet, comme chez Fatima.

Je le reçus avec une débauche de victuailles. J'avais fait une razzia dans des épiceries de luxe, en frissonnant au moment de payer. Je resserrais les liens. Tony était désormais ma seule famille et je voulais le régaler, me montrer large.

« Nine, comme tu m'as gâté ! » s'exclama-t-il depuis la porte. Et c'était vrai : des bougies, des fleurs, des serviettes rouges, tous les plats disposés sur la table. J'avais réuni ce qui lui plaisait : pains de semoule marocains, poulet à l'indienne, thé à la menthe, biscuits aux pignons, ronds et dorés. Très en forme, il se fit gracieux, décria mon sort, encensa ma mère, me félicita, me plaignit, goûtait à tout avec ravissement. Il débarrassa, loua le vin, mon repas, ma beauté, ce que je déniai en riant. Non, je n'étais pas belle, tout au plus charmante, de toute façon personne ne voulait de moi. Devant son air stupéfait, je lui expliquai qu'à l'université tout le monde avait des histoires d'amour sauf moi. Mais je ne le laissai pas argumenter, et continuai sur ce qui m'intéressait : les affaires du mas et Justin, et les études que j'allais devoir arrêter définitivement. Je ris et l'étourdis d'anecdotes liées au domaine. Il m'assura qu'avec ma force de caractère je me trouverais un homme vite fait bien fait.

Cependant, une fois dans mon lit, j'écoutai le silence du mas, le sifflement du vent dans les vignes. Il restait quelque part une douleur diffuse. Pourquoi, au récit de ma vie ces derniers mois, Tony avait-il laissé échapper le mot *dépression* ?

5

Je me réveillai avec la sensation poignante du rêve que je venais de faire : une petite fille brune, comme moi enfant, avec la même frange, prononçait des phrases d'un air prétentieux. Elle me houspillait. Exaspérée, je finissais par la malmener, lui disais de se taire et que sa suffisance était insupportable. Alors, elle s'effondrait et pleurait, des sanglots au milieu desquels j'entendais qu'elle voulait bien faire et souhaitait paraître savante pour être acceptée. Elle se sentait très seule. Tout embuée de ce rêve, je descendis à la cuisine me préparer un café, rallumai le feu sur les cendres et sortis pieds nus pour prendre le courrier. Tu pleureras sur toi quand tu seras vieille, me dis-je, et je commençai gaillardement à trier les lettres en buvant mon café. J'avais découvert que j'adorais ça, gérer ces factures, ces courriers administratifs, tout un tas de mauvais papier parmi lequel, à ma grande surprise, se trouvait une belle enveloppe. Au dos était écrit :

Malo Saint-Levant, 17 rue Payenne, 75003 Paris.

Je déchirai l'enveloppe. Malo m'avait écrit des mots humbles, avec une légèreté qui me permettait de tout imaginer. Au milieu du texte, bien en évidence, son numéro de téléphone. Il voulait me revoir, reviendrait dans le Sud, là, bientôt. Je voulus me fâcher contre lui, mais je n'y arrivai pas. Je l'appelai, rapidement. En quelques mots, d'une voix vaporeuse, je l'invitai à passer une soirée au mas. Je précisai que c'était moi désormais qui gérais le domaine.

Dès lors, je me sentis une enfant amoureuse, je gambadais dans les vignes fleuries de roquette sauvage. La senteur musquée des fleurs blanches envahissait les pièces, et un après-midi, portes et fenêtres ouvertes, je débarrassai la cuisine de tout ce qui n'était pas beau, trouvai de la peinture et la repeignis de blanc.

La veille du rendez-vous, pour moi seule, j'enfilai un pull noir qui montrait mes épaules, mis des perles aux oreilles, sur mes poignets un parfum de rose. Malo n'arriverait que le lendemain, mais déjà je me sentais sensuelle, pleine de joie. Il m'arrivait enfin quelque chose d'heureux dans la vie. J'imaginais nos gestes pendant l'amour.

Quelqu'un arriva, se gara. Peut-être Tony. Je fus ravie qu'il me voie ainsi, si femme. Pleine de gaieté, je courus vers la porte et l'ouvris.

6

Ferràn s'extirpa de la voiture. Il avait encore grossi. Il m'apostropha, la voix vulgaire. Comment m'appela-t-il ? Titine ? Je ne sais plus. Il venait voir les comptes, vérifier que tout file comme il faut. Il devait me parler de l'héritage.

Je reculai, il marcha sur moi, si haut, si massif, que je me pris une chaise dans les jambes. Je ne voulais pas de lui chez moi, de cette masse répugnante. Et si les phrases habiles ne se présentaient pas, c'est qu'un grand vide s'était créé, celui de l'alarme. Qu'est-ce qu'il y a ? T'as perdu ta langue ? Où sont les papiers ? T'es bien sapée, putain, t'es vraiment une petite chaudasse.

Là, il s'était permis quelque chose. Il avait franchi la frontière, qui chez lui n'était qu'une ombre. Tu ne veux pas qu'on s'amuse un peu, titine ? Ses mains se posaient déjà sur mes hanches. À présent je sentais son haleine. Il tenta de me bloquer, il attrapait ce qu'il pouvait, je me dégageais aussitôt. Je vis un couteau sur ma gauche. Je le pris, je reculai le bras, et l'enfonçai.

7

Ce fut Karima qui appela la police. Elle expliqua d'une voix posée qu'elle était chez Catalina Magne, et qu'Olivia Magne-Pons, épouse de Ferràn Magne, s'était également rendue sur les lieux immédiatement après les faits. Elle leur suggéra de consulter ce qu'ils avaient sur les accusations portées par Olivia Magne contre son mari. Nous les attendions.

Olivia m'a ensuite raconté que les gitans s'étaient réjouis de cette histoire. Je fus connue chez eux comme la Paya qui a saigné le porc.

8

En vérité, je l'avais juste écorché. Quand toute cette agitation fut passée – ambulance, déclarations –, j'eus enfin l'occasion de m'interroger sur ce qui m'était arrivé. Cela ne se produisit pas le jour même ni le lendemain, non, ce fut lors d'une promenade, alors que je marchais dans cet état qui était le mien depuis le coup de couteau. Je revis la scène et maintenant je la savourais, je plongeais et replongeais le couteau dans la chair de Ferràn avec délectation.

Puis cela me lassa et je n'y prêtai plus attention. Je découvris aussi que j'étais allée au bout de quelque chose. Je sentis un respect nouveau chez Karima, Léna et Charles. Ma mère débarqua précipitamment de son île et se montra empressée. Brusquement elle voulut me cajoler, me soutenir. Je la repoussai doucement. C'est moi qui prendrais soin d'elle à présent. Elle repartit deux semaines plus tard. Tony crut devoir me parler comme à une malade, je l'envoyai sur les roses. Ils se réveillaient tous bien tard, et j'avais grandi seule.

Un jour, je me rendis directement chez Ferràn. J'entrai sans sonner, montai l'escalier jusqu'à la chambre où il était alité. Je lui signifiai que s'il portait plainte, je rapporterais à mon tour ce que j'avais vu. Je lui dis dans la même phrase que s'il s'approchait à nouveau d'Olivia, s'il ne lâchait pas et la dépouillait, je montrerais le carnet secret d'Àvia à la police. Le mas était à nous, ma mère et moi, et il n'en serait pas autrement. Enfin, j'ouvris mon sac et exhibai le maillot vert émeraude.

Il est mort assassiné deux ans plus tard à Barcelone, d'un coup de poignard gitan dans son cœur gras. On ne sait pas qui l'a donné. Je me souviens d'un soir, à dix-huit heures, à l'église Saint-Matthieu. Elle est déserte, je suis seule. Avec plaisir, je contemple Ferràn dans son cercueil. Je touche son épaule, j'enfonce bien mon doigt. Il est vraiment froid. Je me tiens là, à sourire, jusqu'à ce que les dernières bougies fument et que l'obscurité avale les bouquets d'œillets rouges. Enfin mort. Quelle légèreté!

Remerciements à Ludovic Escande, éditeur.

Composition : Entrelignes (64)
Achevé d'imprimer
par CPI Firmin-Didot
à Mesnil-sur-l'Estrée, en mai 2024
Dépôt légal : mai 2024
Numéro d'imprimeur : 179956

ISBN : 978-2-07-303889-0/Imprimé en France

615233